청년이 시를 믿게 하였다

청년이 시를 믿게 하였다

이훤의 4월

차례

작가의 말

당신은 시를 믿게 하였다

약속이 시를 믿게 하였다.

손님이 시를 믿게 하였다.

이팝나무가 시를 믿게 하였다.

사진이,

하늘에서 떨어지는 새가 시를 믿게 하였다.

택시 기사가 시를 믿게 하였고,

기자가 시를 믿게 하였다.

수학자가 시를 믿게 하였고,

책을 읽지 않는 세계가 시를 믿게 하였다.

시집이 보이지 않는 서점이 시를 믿게 하였고,

복숭아와 폭죽만큼이나

시간은 청년이 시를 믿게 하였다.

4월 1일

시

돌산

거실에서도 회사에서도 음식을 먹고
지하철을 기다릴 때도 내가

거짓말을 할 때마다
입에 하나씩 돌을 얹었습니다

오늘은 열 개의 거짓말을 했고
열 개의 돌이 쌓였습니다

어떤 날은 숨겨두고
다 얹었다고 옆사람에게 말했습니다
그는 내가 쌓는 돌을 가지고 오는 사람입니다

그가 없는 오후

내 안에 들어찬

수백 개의 돌산을 봅니다

나는 잘 부서져서

내 위로 딛고 오르려면 다른 돌이 필요합니다

다음 돌을 손에 쥡니다

우리는 거짓말처럼 견고해집니다

견고하고 헷갈립니다

아파트만큼 많은 산을 보며

돌을 가지고 오는 사람이 말합니다

이제 어떡할 거야?

내가 산이 되어야지

돌이 되어야지

우리는 일치하게 될 거야

미안합니다 내가 또 거짓말했습니다

공원에 극장 가는 길에 친구네 집에

돌을 하나씩 버리고 옵니다

전철에 오르면

수십 명의 산이 손잡이를 잡고 흔들리고

돌들이 미끄러져내립니다

바닥에 우리가 모르는 우리가 굴러다닙니다

4월 2일

에세이

기다리는 사람들

뉴저지 롱비치에서 수학자 폴 코언이 태어났다. 1934년 4월 2일의 일이다. 폴 코언은 미제였던 연속체 가설이 수학으로 증명될 수 없음을 증명했다. 나는 이해하지 못하지만 연속하기 어려운 상태에 대해 기자들은 할말이 많다. 기자는 빈번하게 취재와 뉴스와 제보를 오간다. 매일 기다린다. 메일함이 그들의 첫번째 주소다.

수학자는 능동적으로 나서는 사람이다. 명제를 찾는 사람이다. 숫자가 우릴 먼저 찾지 않으므로. 등식이 자신을 해체하기 위해 사람을 방문하지 않으므로. 인간은 발벗고 등식 앞으로 향한다. 유명한 상을 받은 수학자는 예능에 나왔다는 이유로 어느 자리에서 그런 오해를 산 적 있다.

"방송에서 본 것보다 말씀을 많이 하지 않으시네요." 수학자는 그가 틀렸다고 생각한다. 소리내지 않을 뿐 수학자는 오늘도 아주 많은 명제와 관계맺고 있다. 농작물과 거름과 토지가 관계맺듯 그는 수학과 늘 뒤엉킨 상태다. 한참 파고들다보면 해결되지 않은 구간과 해결한 구간이 구분되지 않는다. 이해와 오해가 뒤엉켜 공생하듯이. 가장 이해하고 싶은 자는 가장 많은 오해를 자처하는 자다.

수학자는 현상과 이론을 잇는 사람이다. 이론도 사랑하고 세상도 사랑해야 가능한 일이다. 문장을 쌓고 이어서 한 권의 책을 구축하듯, 하나의 체계와 그것을 작동시키는 언어를 만든다. 수학은 그에게 가장 잘 들리는 파찰음이다. 생활인 동시에 굳이 떠안고 싶은 언어다. 펼치고 싶은 대상이다.

수학자는 어떤 날은 한마디도 하지 않는다. 그는 이미 수차례 칠판을 채우고, 다시 지우고 채웠다. 머릿속으로 복기하고 있다. 해결되지 않는 날은 체기가 든다. 명징하게 떨어지는 세계는 우릴 의심하게 한다. 정확하게 맞아떨어져야만 하는 자리를 자처하고 기꺼이 곤란해진다.

기자는 기다린다. 능동적으로 기다린다. 기다리는 사람들은 다 보고 있다. 기자는 세계와 청자를 잇는다. 현장을 찾고 사람을 찾고 풍경을 찾는다. 자신이 본 세계를 화면 건너로 송출하려 기다린다. 사람이라는 지면에 닿기 위해.

기자는 대설주의보를 전하려 대설 속으로 들어간다. 눈이 하염없이 떨어진다. 기자는 스튜디오와 연결될 때까지 기다린다. 도로는 마비되었고 몸의 온도는 떨어졌다. 큐 사인을 듣기 위해 귀를 쫑긋 세운다. 머리 절반은 이미 하얗게 뒤덮였다. 어깨에 눈이 합판처럼 쌓인다. 이제 곧 송출될 거다. 화면은 오 분마다 스튜디오와 연결된다. 간헐적으로 나란한 세계처럼. 마이크를 쥐고 언제든 연결되기를 기다리는 사람은 카메라 앞에서 몸을 움직일 수 없다. 눈도 털 수 없다. 현장은 데스크의 신호에 맞춰 화면이 된다.

기자들은 오랫동안 대기중이다. 자신이 보았기 때문에

옮길 수 있는 풍경 앞이다. 거기서 기다린다. 그들은 다음 시그널을 고대한다. 다음 현장을 모색한다. 현장 또한 자신이 발견되기를 기다린다. 청자와 세계는 비정기적으로 이어진다. 몇 사람의 수고 덕분에 기다리던 사람들이 각자의 현장에서 화면으로 모인다. 장면과 세계가 닿는다. 만난다. 그들의 첫번째 주소에서 기자들은 다음 현장을 기다린다.

4월 3일

에세이

택시가 언제나 한적하지만은 않다

배회하기 좋은 계절이다. 택시를 타고 싶은 날이다. 걷거나 버스를 기다리지 않고 차창을 내려 홑겹의 바람을 맞으며 마냥 실려가고 싶은 날이다. 언젠가부터 택시에서 보내는 시간을 여분의 시간이라 생각하지 않기로 했다.

한편 택시가 언제나 한적하지만은 않다. 작년 어느 날에는 택시에 타자마자 좁은 내리막 언덕에서 달리기 시작했다. 경험상 천천히 가주십사 부탁해도 이내 다시 빨라질 걸 안다. 어떡하지. 고민하다 물었다.

기사님 제가 내일 낭독해야 하는 행사가 있는데요. 차에서 연습 좀 해도 될까요. 그럼요. 무대 아닌 데서 낭독한 적은 거의 없어서 조금 쑥스러웠다. 요청하지 않은 시를 들려주는 것도 처음이었다. 떨리는 입술에 힘을 주며 시를 읽기 시작했다. 차가 아까보다 천천히 움직였다. 백미러로 안경을 고쳐 쓰는 그의 손끝이 보인다. 그러더니 라디오 볼륨도 줄여주었다.

꽤 긴 시였는데 삼십 분 채우기엔 모자라 여러 번 읽고 그제 쓴 시도 읽고 전시 서문도 읽었다. 을지로에 도착했는데 기사님이 고맙다고 했다. 나도 고맙다고 했다. 그 기억이 좋아서 택시에 탈 때마다 그분을 떠올렸다. 이후에는 같은 용기를 내지 못했다.

일 년쯤 흘렀다. 봄을 맞아 부산에 갔다. 기차에 탈 때마다 혹여 내릴 역을 놓칠까봐 나는 조금 긴장한다. 다행히 무사히 도착했다. 역을 걸어나서자 캐리어를 끄는 사람들이 보인다. 모양부터 크기까지 다른 백팩을 멘 이들이 이동을 기다리는 낱말처럼 줄 서 있다. 택시를 기다리는 모습은 흡사 비행기 없는 공항 같은데, 그들의 표정 때문이다. 목적지를 아는 사람들의 결연함이 있다.

타지의 첫 얼굴은 택시 기사님이다. 택시에 올라탈 때 역시 조금 긴장한다. 이 도시에서의 첫 이동이기 때문이다. 탄 지 얼마 지나지 않아 기사님이 그랬다. 저는 운전하는 게 좋아요. 운전이 좋아서 다른 일은 못해요. 그 말을 듣고 왜 좋아하는지 한참 묻고 들었다. 그는 운전이 너무 좋아서 퇴근하고 가끔 친구와 순천에 갈 때도, 그 길조차 자신이 운전한다고 했다. 다른 직장에도 가봤지만 택시로 돌아오게 됐다고. 앞으로도 택시에 있을 거라고 했다.

책은 좋아하세요?

책은 별로 안 좋아해. 근데 쓰는 건 잘 써요.

시는요?

시는…… 잘 몰라요.

저는 시를 좋아해요. 기사님께서 좋아하는 일에 대해 들려주셨으니까 제가 쓴 시라도 들려드리고 싶어요.

(……)

노래는 계속되고

노래할 때마다 밤바다가 들이친다

문안으로 들어와 출렁이는 초여름에
양말이 다 젖고
허리까지 물이 들어서는데도
계속 노래한다

(……)

근래 쓴 거친 시를 읽어드렸다. 기사님은 음, 음, 소리 내며 귀기울여 듣고 있었다.

광안대교를 지나는 동안 택시는 여름이었다. 흔들리는 낭독이었지만 빨간불에 멈춰서 그는 작게 박수를 쳐주었다. 눈썹을 만지며 그는 말했다. 삼십 년 택시를 몰면서 누가 시 읽어준 건 처음이라고.

4월 4일

시와 시작 노트

당신도 나를 봅니까

팔을 옆으로 쭉 뻗어보세요. 몸이 길어집니다. 우리는 활공합니다. 손끝을 뾰족하게 만드세요. 순풍에 올라탑시다. 세계를 봅니다. 세계는 멀리 있고 또 너무 가까이 있습니다. 당신도 나를 봅니까. 나는 집으로부터 한 계절 만큼 떨어져 있습니다. 올해도 돌아갑니다. 땅에 발 붙인 자들은 어디로부터 왔습니까. 어디로 돌아가고 있습니까. 잘 돌아가기 위해 뼈에 구멍이 더 많아집니다. 가벼워진 자들은 무언가를 하나씩 내놓았습니다. 친구는 집에 돌아오지 못했습니다. 그렇게 많이 내놓았는데. 그는 갑자기 하강했습니다. 하늘에 부딪힌 것처럼. 돌아가보니 손끝만 남았습니다. 걔 생각이 날 때마다 깃에 틈새를 만듭니다. 틈새가 있어야 무어든 나를 통과할 수 있습니다.

○

고층빌딩에, 방음벽에 부딪혀 생을 마감하는 새들을 아는지. 집이자 주거지인 하늘에 부딪힌 그들의 마지막 몸을 시아노타이프로 기록하는 장소영 사진가의 작업을 만났다. 비로소 얼마큼 많은 새가 하늘과 구분이 안 되는 인공구조물 때문에 죽는지 알게 되었다. 내 안에서 건축과 주거, 집의 개념은 또 한 번 흔들렸다. 어디까지가 서로를 침범하지 않고 공존하는 방식인지 다시 묻게 된다. 이런 만남 때문에 세계의 여러 구석을 주목하는 동료들을 가까이 두고 싶다고 바라게 된다.

시사IN 〈2024 올해의 사진〉을 위해 이 글을 썼다. 시이기도 하고 에세이이기도 하다. 잠시 새가 될 수 있어 기쁘고 처참했다. 절실하고 또 중요한 사진과 텍스트가 시사IN 웹 올해의 사진에 아카이빙돼 있다.

4월 5일

시

이팝나무

시간과 물에 대해 나는 할말이 많습니다

이곳에서 시간은
타원으로 흐릅니다

정원에서는 모두가 둥글게 태어나
둥근 점이 되어 사라집니다

흰 죽음에 대해 알고 계신가요
이십 미터가 넘는 기후에 대해

여름은 죽음만큼이나

생명을 성실히 설계합니다

나는 보이고 싶어서 두 주 동안
열심히 물을 모읍니다

얇고 가느다란 음성이
내 안을 여행합니다

누군가는 그것을 물이라고
누군가는 그것을 시간이라고 부릅니다

비가 오지 않는 날은 허리를 펴
내 안의 여자와 남자를 붙듭니다

나는 여자도 아니고 남자도 아니지만
그렇기 때문에 여자이기도 하고 남자이기도 합니다*

한 달이 지나면 흩어질 것입니다
우리가 멸종할 거라고 합니다

내가 사라진다 해서 세계가 종말하는 건 아니니까
내 안의 여자를 모으고 남자를 모읍니다

다음 사월로 가기 위해
나는 둥글게 죽고 둥글게 태어납니다

시절이 바뀌기 전까지
너무 많은 오해가 유통됩니다

이팝나무는 모든 여자에게 도착할 예정입니다
모든 남자에게 도착할 예정입니다

우리는 타원형으로 된 죽음을 만지면서
하나둘 자신이 아는 단어 속으로 사라집니다

---

* 이팝나무는 암술, 수술을 모두 지닌 양성화그루다.

4월 6일

작업 노트

기꺼이 가까워지는 날

첼리스트가 깊고 낮은 음을 우직하게 끌고 간다. 슬픔의 배를 가르는 소리가 들린다.

○

복숭아 냄새가 어울리는 계절이다. 아직 복숭아는 열리지 않았다. 만나기 전부터 어떤 만남은 예견된 것 같다. 열리기도 전에 열매를 베어먹는다. 비슷한 속도로 누군가를 기다린 적 있다. 다른 보폭으로 서로의 앞에 도착한 두 사람이 비슷한 속도로 카페를 떠난다.

○

터지는 폭죽을 불꽃이라 부르는 이들과 불의 일Firework이라 부르는 이들의 거리를 생각했다.

○

의미가 유통되는 방식 때문에 우리는 영원히 바뀌어버렸다. 열차를 타고 사흘 동안 무사 도착을 염원하던 시대로부터, 편지가 지구를 건너는 데 일 분도 걸리지 않는, 주머니에 있는 전화기로 모든 사실이 열람 가능해진 시대까지 백 년밖에 걸리지 않았다. 우린 점점 더 빠르게 시간을 잃고 있는 걸까? 더 많은 시간을 손에 쥘 수 있게 된 걸까?

○

마음이란 거, 항상성이란 거 지키기 쉽지 않아서 매일 달린다. 같은 시간에 뛰고 있으면 무언가 통제하고 있다는 감각이 스민다. 다리가 전진하는 동안 정신의 어떤 부분이 깨어나 같이 움직이는 것 같다. 거리에 뛰는 사람들을 보며 결국 우리가 조금씩은 위태롭다는 생각을 한다.

○

동력으로써의 나르시시즘은 여러 해 입어서 목이 늘어난

티셔츠 같다. 특정 시절에만 유효했다. 시즌이 지났으니 폐기해야 한다.

○

가장 못된 말은 당신 앞에서 소리 내어 말하지 않는다. 날 용서하지 않을까봐 꺼내지 않는다. 나는 가끔 정말 못된 생각을 한다. 너무 못돼서 차마 문장으로 남길 수 없는 생각들. 스스로에게 너무 놀라 떨어뜨렸고, 땅에 떨어져 부러진 그것을 여러 차례 쓸고 닦았다. 지워지지 않는 자국은 못 알아보게끔 헝클어버렸다. 그 위로 지나가던 날, 그걸 밟고도 당신이 알아차리지 못해 다행이었다.

○

나는 내가 가장 좋아하는 사람과 가장 미워하는 사람 앞에서 비슷하게 친절하다.

4월 7일

시

빈 들과 천막

개빈은 요즘 자신이 천막 같다

사람들은 성큼성큼 들어왔다가 저를 통과한다

잘 여며

아무에게나 자릴 내어주게 되니까

빼곡한 어깨 사이로

빈 들이 자란다

하나의 마음이 무너진 사람은

수백 그루의 약속을 함께 잃어버린다

집을 기억하지 못하는 새가 도착한다

새는

말이고

토요일 아침이고 파스타고 함께 앉던 소파고

식탁이며 새벽녘이다

부러 새들을 내쫓는다

집에 가지 못하는 누군가는 집을 통째로 이고 날아간다

어떤 날은 잠들면

옆자리에 누가 있는 것처럼 같다

분주하게 여러 마음을 견디는 가구처럼

두 다리가 잠들 때까지 함께 걷자고

했던 사람들은

두 다리가 잠들었다 한 시절을 걷고 또 걷느라

그들은 서로에게 너무 정중해졌다

사과도 눈물도 유감스러워서

개빈은 말했다

우리의 미래가 기대되지 않아

창밖으로 흐르던 구름이 후두두 떨어진다

팬케이크처럼 거실이 납작해지고

저녁이 떨어져 깨진다

무언가 깨졌을 때 비로소 시간의 둘레를 알게 된다

개빈은 맨손으로

바닥에 떨어져 조각난 자신을 줍는다

그리고 그것을 모아 버린다

탁자의 다리가 어둠을 견디느라 매일 밤 조금씩 죽는다

눈을 뜨면

빈 들과

천막

4월 8일

동시와 시작 노트

놀러와*

나는 아홉 살이 되었습니다

이준이는 나의 가장 친한 동생

엄마는 나의 가장 큰 집

엄마는 눈꺼풀이 얇아서 자주 웁니다

너에게 좋은 것을 줄게

말하면서 울고

자전거 타는 나를 보면서 웁니다

넘어지는 걸 두려워하면 안 돼

넘어지면서 배우는 거야

엄마는 카메라에 찍히는 사람
엄마를 모르는 사람들이 엄마를 기억합니다

작년에는 빨리 자란 이준이와 나를 보며
엄마가 말했습니다
엄마가 많이 많이 기억해놓을게
많이 기억하는 어른은 슬퍼지나봅니다

엄마는 크게 웃고 많이 웃습니다
눈 내리는 것처럼 웃어서
우리를 다 덮습니다

레고 블록처럼 우리는 쌓이고
카메라 속에서
다시 조립되는 중입니다

이준이가 차를 두 번 엎질렀는데
엄마는 세번째 차를 내려줍니다

엄마가 셋 셀 동안 그만하라고 했는데
나는 자꾸 늦습니다

엄마가 해준 말을 모았더니
커튼이 됐습니다

형아는 첫번째 아기라서 소중하고
너는 나의 마지막 아기라서 소중해

커튼을 잘라
방안에 불을 만듭니다

신우야 이준아
너희의 모국어가 될게
엄마라는 나라에 계속 놀러와

엄마를 배우는 동안 나의 지도가 늘어납니다

나는 그 나라를 좋아합니다

내가 제일 그리운 표정은

다 거기 삽니다

엄마도 여기 계속 놀러와

그냥 놀러와

* 나영, 신우, 이준에게.

○

이번 봄 반가웠던 손님은 방송인 김나영님이었다. 평소 나영님과 이준, 신우가 함께 살아가는 모습을 보며 무언가 많이 받고 있다고 느꼈다. 세 사람이 꾸리는 삶의 모습이 너무 좋아서 저렇게 살고 싶다고 생각했다. 새 형태의 가족을 꿈꾸기도 했다. 그런 그가 마침 유튜브 채널에 출연을 제안해주어서 우리집을 함께 들여다보며 대화 나누기로 했다. 아내와 나는 나영님에게 무얼 선물하면 좋을지 고민했다. 아름다운 컵과 접시를 찾고 향수를 떠올리기도 했지만 우리가 고른 물건이 혹여 취향에 맞지 않을까봐 고민이 이어졌다. 평소 받지 않는 선물이 무얼까. 우리가 드릴 수 있는 것 중 유의미한 기억이 될 만한 게 뭘까. 며칠간 골똘해졌고 우리는 물질 아닌 선물을 드리기로 했다.

어린이들과의 글쓰기 교실을 소중히 여기는 아내는 나영님의 아들 이준과 신우를 위한 글쓰기 수업권을 선물했다. 내가 줄 수 있는 선물은 부끄럽고 소박하지만, 세 사람에게 바치는 시라는 생각이 들었다. 카메라 앞에서 일하는 나영님과 두 아들의 다시 오지 않을 시간을 시로 돌려주고 싶었다. 초등학생인 이준과 신우도 함께 읽을 수 있길 바랐다.
세 사람을 떠올리며 처음으로 동시를 썼다.

4월 9일

작업 노트

나는 자주 백지다

자다 말고 안경을 찾기 위해 더듬거리는 손처럼, 잡히는 아무 마음이나 붙든다. 다급하게 붙들었다가 다급해진 저를 보고 그것을 그냥 내려놓는다.

○

살기 위해 애쓰지 않아도
살아지는 무생물의 몸처럼
관성처럼
하나의 대륙에서 오래 버티는 산등성이처럼
그것을 옮겨 쓰는 풍향계처럼
나는
여기 있습니다

어떤 날은 그런 내가 죄스럽습니다

○

블루에서 파란 / 파란에서 절망 / 절망에서 숨으로

숨에서 풀 / 풀에서 풀죽은 숲 /

숲은 잠을 만든다 / 거기 있으면

살아진다

살아짐 / 살아짐에서 살아감 / 살아감에서 현관

현관에는 탄식이 / 탄식은 도약 / 때로는 탄약 같은

그것을 습관처럼 쓰고 싶다

이후에도 아무렇지 않고 싶다 혼자 / 혼자에서 의자 / 의자에서

백지 / 나는 자주 백지다 /

당신을 초대하고 싶지만 /

그런 날은 대체로 내 마음의 주인이 내가 아니다 /

주인 없는 화면들 /

아 한때 내 것이었던 환멸들

그는 자신이 살게 될 마음을 미리 받아쓴다

○

어떤 사람 앞에서 나는 한없이 내향적인 사람.

어떤 사람 앞에서는 두 눈을 마주보며 이야기하는 사람.

○

사랑하는 색을 전부 가지면

사랑하는 이름과

사랑하는 구름을 다 만나게 되면

사랑하는 사물의 주소를 모으고

사랑하는 책을 들이고

사랑하는 날씨를 전부 다 외우고 나면

용서하지 못한 친구를

껴안고 나면

최초의 용서가 시작한 사랑을

내 안으로 초대하면

마침내 거기서

그리고

다시

○

우리는 뭐든 너무 빨리 확신하고 싶어하는 병에 걸렸어.

너무 자주 확인되어야 하는 마음을 갖게 되었어.

○

지하철에 유령처럼 떠다니는 광고와 그것이 모르는 슬픔.

여러 편의 직사각형 눈물.

못 본 척할 수 없어서 승강장을 뛰쳐나간다.

4월 10일

시

혼자 가는 먼 집에서
우리는 너무 인간적이고
—故 허수경 시인께

믿는다 말하기 전에 살아야 한다

당신이 당신에게 말했다

살고 있으니까 믿어야 한다

내가 나에게 말한다

만난 적 없지만

거기 당신의 날들을 나도 살고 있다

첫번째 이름이 없어서

거기서 여기로

이곳에서 그곳으로

돌아올 거라 믿어야 한다 오늘 그것이 착각이라 해도*

여권이나

신분이나

모국어 없는 사람 모여

긴 줄을 선다

이동중인 자들은

소실되지 않는 집을 찾고 있다

내 이름이 나의 땅일 수 있다면

당신의 예언을 다시 한번 믿기로

말하자면 이런 날 우리는 너무 인간적이고**

새 편지는 새 마음을 시작한다

그래서 당신은 그렇게 많은 편지를 썼다

남은 문의 개수를 확인하고

그것을 잊기로 하는
습관이

청년이 시를 믿게 하였다

시가 그녀를 믿고 그녀를 살게 했듯

노크하는 사람처럼
한국어로 된 이름을 부른다

아무 소리나 들릴 때까지

믿는다고 하기 전에 살아야 한다
나에게 당신이 말했다

문고리가 부러져 나는 바깥에 있다
손에 쥔 것들을
누구도 기억하지 않는 역***에 두고 온다

당신에게 돌아가 몇 개의 이름을 쥐여주고 싶다

*　　허수경, 『그대는 할말을 어디에 두고 왔는가』(난다, 2018).
**　 허수경, 『오늘의 착각』(난다, 2019).
*** 허수경, 『누구도 기억하지 않는 역에서』(문학과지성사, 2016).

4월 11일

에세이

잘 듣는 사람에게
잘해주자

친구랑 보낸 두 시간을 끝내고 나오며 생각한다. 그냥 집에 있을걸. 내가 당신을 충분히 궁금해하지 않았기 때문인지 충분히 질문이 돌아오지 않아서인지 분명 그도 말을 많이 했고 나도 고갤 끄덕거렸는데, 그 자리는 사회적이고 꽤나 활기차며 지적인 대화처럼 흘렀는데, 오늘 우리 사이에 진짜 이야기는 없었던 것 같다.

가끔 친구는 너무 많은 말을 하고 모든 것을 이야기한다. 쉬지 않고 말한다. 나는 물꼬를 틀려는 시도를 포기하고 내가 아는 수궁의 언어를 적당히 식은 반찬처럼 내놓는다. 그걸 반복하면 된다. 그 두 시간이 다 갈 때까지. 함께하기로 한 시간이 끝나간다. 우리는 서로를 싫어하지 않는다는 합

의에 다다를 때까지 기다린다.

돌이켜보면 그런 식으로 무마한 자리가 얼마나 많은지. 그것들을 쌓아 샌드위치를 만들었다면 웬만한 롤러코스터만큼 높을 거다. 대화라는 게 도대체 뭘까.

대화는 수만 가지 모습으로 일어난다. 그러나 좋은 대화를 위해서 최소한의 약속은 필요하다. 첫째, 들을 것. 둘째, 듣다 궁금한 걸 물을 것. 셋째, 내킬 땐 나에게 중요한 일부를 건넬 것. 이 간단한 일에 우리 둘은 실패한 것이다.

분명한 건 한쪽이 혹은 둘 다 듣는 일에 성실하지 않았다. 서로에게 골몰하지 않았다. 대화를 이곳저곳 옮겨보아도 진전이 없는 날도 있다. 듣는 행위는 정서적 노력뿐 아니라 물리적 체력이 필요하다. 모자람 없이 반응하려면 몸이 준비돼 있어야 한다. (어느 자리에서든 잘 듣는 사람에게 잘해주자.)

듣는 의지는 영혼에서 시작되기도 한다. 나에게만 함몰

되지 않은 건강한 영혼이 필요하다. 덤벨을 들듯, 나를 벗어나 타인에게 입장하는 훈련이 필요하다. 함께하는 일도 연습해야 한다.

그렇게까지 해야 하냐고? 만남이 왜 이렇게 지난하냐고? 만남은 원래 수선스러운 데가 있다. 십수 년간 나와 다르게 조립된 세계에 들어서는 일이니까. 누군가에게 들어서는 일은 대체로 조금 번거롭다.

시간 내어 약속을 잡았다면, 적극적으로 서로를 침범하자는 함의다. 우리는 삶을 감당하느라 이미 피곤하므로. 거의 언제나 지친 나는 주로 집에 있다. 직업 특성상 미팅이나 행사가 아니라면 집에서 시간을 보내게 된다. 너무 많이 글을 쓴 날은 만남을 잡지 않는다. 너무 많은 말을 한 날도. 몸이 지친 자는 질문에 폐쇄적이고 공통의 대화에 들어서는 데 느리니까. 고백하자면 어떤 자리에서는 나도 그랬다. 그렇게 점점 더 적은 사람을 만나며 살게 된다.

혼자 마시는 파사토보다 함께의 끝맛이 쓸 수도 있다. 그 사실을 기억할 때마다 필연적으로 에둘러 만나자는 약속을 거절하고 이 책상에 앉기로 하는 것이다. 어쩌면 이곳이, 우리가 가장 정확하게 만나는 자리일지도 모른다. 그렇게 편애하는 자들의 서재에는 오늘도 편향적인 오해와 확신이 몇 권씩 들어찬다.

4월 12일

시

열람실

지수와 엄마가 도서관에 들어섭니다
지수는 일곱 살입니다
엄마가 회사로 돌아가면 지수는 몰래 E43 섹션에 갑니다
거기로 가면 녹나무와 버즘나무가 가득하고
광대한 평원이 펼쳐집니다

아무도 지수가 여기에 오는 걸 모릅니다
뛰어다니는 코리토사우르스는 지수를
해치지 않습니다 단지 너무 빨라서
그들이 뛰는 걸 보면 지수는 어쩌면
시간은 대여할 수 없다는 예감에 사로잡힙니다

들판 끝에는 바다가 있습니다

바다에는 수장룡이 삽니다

물에 살지만 물속에서 숨쉬지는 못합니다

잠영하다 수면 밖으로 고갤 내밀고 다시 들어가는데

친구는 그게

학교에서 지내는 자기 모습 같다고 했습니다

엘라스모사우루스를 보러 왔습니다

자동차만한 지느러미로 이동합니다 지수는

거기 올라탄 적 있습니다

그의 허리에서 오래된 바다의 주소를 보았습니다

그것은 협곡의 살결과도 닮았습니다

거기서 들리는 파도는

엄마가 처음 나를 안았을 때 귓가에 울렸던

소리와 비슷합니다

그날 찍은 사진 속 내가 너무 작아

수억 년 전의 나 같습니다

엄마는 지수가 스무 살이 될 즈음
땅으로 돌아갈 예정이지만
지수는 아직 그걸 모릅니다

E43 섹션에 가기를 멈추고
엄마가 두고 간 도서관을 자주 열람하게 될
예정이지만
지수는 아직 그걸 모릅니다

수장룡이 수면 위로 올라
잠깐 숨쉬고 사라지는 장면이
영원 같다는 생각을 합니다

4월 13일

지침서

사진에 대한
짧은 매뉴얼

어떤 독서는 차폐된 인간도 뚫어버린다. 로베르 브레송의 『시네마토그라프에 대한 노트』에서 그들이 자기 안에 이미 있는 것을 의심하지 않는 것이 중요하다는 문장을 읽는다. 이 문장을 읽고, 스스로를 끝없이 의심했기 때문에 탁월해진 사람과 자기 확신 때문에 빛나는 사람이 동시에 떠오른다. 두 종류의 인간 모두 존재한다. 진실과 진실이 있을 뿐. 내가 할 일은 방금 읽은 걸 의심하지 않기다.

안다는 건 뭘까. 알기 위해서는 보아야 한다. 느껴야 한다. 그 앞에 서야 한다. 그 실체가 느껴지지 않는다면? 책이나 공원에서, 극장과 여러 타인 사이에서—그리고 모든 자신의 바깥에서—의미를 찾던 사람은 생각한다. 내가 알던

나의 일부는 작년에 탈락했다. 탈락하는 동안 없던 내가 생겨나기도 한다. 내가 놓친 겉과 떨어져나간 속을 만지며 기억해낸다. 우리는 계속 소실되는 존재다.

책은 이어 말한다. 모델은 외부에서 내부로의 운동이며 배우는 내부에서 외부로의 운동이라고. 우리는 외부에서 내부로, 또 내부에서 외부로 운동한다. 정해진 롤 없이도 모델이자 배우로서 이 세계를 누빈다. 스테이지에 오르지 않을 때도 카메라가 찍지 않아도 우리는 시간에 의해 판화처럼 남는다. 작은 동네에서 나의 내부는 끝없이 운동하며 외부로 태어난다. 언덕과 노인들, 길고양이와 등교길 학생들은 나의 모델들이다.

멈춰 있는 사진에서는 어떨까? 움직임의 단면만 기록되는 세계에서는 일부만 움직인다. 그리고 모든 걸 볼 수 있다.

이미지는 찍힌 것들의 외형인 동시에, 찍은 사람의 내면이기도 하다. 그 풍경들은 어떻게 내부로 침투하는가. 사진을 어떻게 읽는가와도 밀접한 질문이다. 이미지의 독해는 표면적 이해만 목표로 하지 않는다. 사진을 본 사람이 무엇을 길어올렸는지 또한 중요하다. 모든 의미화는 내부에서 외부로의 운동이기도 하므로. 좋은 이미지는 보이는 것 너머를 향해 독자를 걷게 하고 고민하고 갸우뚱하게 한다. 외형보다 더 넓은 그릇과 시선을 쥐여준다. 그 시선은 우리 안에서 움직이는 '물고기'들을 발견하고 그들과 만난다.

가령 이 이미지를 살펴보자. 〈Tell Them I Said Hello 나의 안부를 전해주세요〉(2017-ongoing) 시리즈의 한 장이다.

두 마리 물고기가 어항을 맴돈다. 밖이 궁금하기라도 한 듯 끄트머리에 다다랐을 때, 아래 설치된 싱크를 한참 응시한다. 그리로 가고 싶은 걸까. 이 방에는 좁은 물건들이 들어차 있다. 잠정적인 집에 거주하는 물고기는 어항을 설치한 인간의 처지와도 왜인지 닮은 것 같다. 타의로 임시 공간을 계속 전전하는 이주민의 집이었다.

한편 어항의 얇은 유리벽은 안과 밖을 구분 짓는다. 무엇이 안이고 무엇이 바깥인지는 물고기가 아닌 독자가 결정

Migration, 〈Tell Them I Said Hello 나의 안부를 전해주세요〉, Pigment, 45×55", 2022.

한다. 어항에서 끝나지 않고 이 사진은 경계에 대한 이야기가 될 수도 있고, 리얼리티와 허구에 대한 이미지가 될 수도 있다. 다시 떠나는 자의 이야기로 읽힐 수도 있다. 이 화두는 내가 탐구하며 도착한 두어 행선지일 뿐이다. 읽는 방식은 개인에 따라 달라진다. 우리는 수십 수백 갈래로 같은 사진 앞에서 흩어진다.

이 낱장의 이미지가 다른 이미지를 만날 때, 어떻게 넓어지거나 좁아질까? 옆의 딥틱(접붙인 두 장의 사진)을 살펴보자.

두번째 사진은 사막처럼 보인다. 피사체는 물고기 사체처럼 보이기도 하고 발자국처럼 보이기도 한다. 우리는 자연스럽게 첫 사진에서 본 물고기의 눈으로 이 사진에 들어선다. 거기 얇은 모래로 뒤덮인 풍경은 그들에게 죽음을 의미할 것이다. 꿈일 수도 있다. 내막을 알 수 없던 두번째 이미지는 사막이 되었다가 발자국이었다가 물고기의 악몽이 되었다가 한다. 이미지가 낱장일 때는 불가능한 팽창이다. 이 딥틱 안에서 두 이미지는 훨씬 더 많은 이야기를 내포하

Migration, 〈Tell Them I Said Hello 나의 안부를 전해주세요〉, Pigment, 45×55", 2022.
Dead Skins of Time, 〈Tell Them I Said Hello 나의 안부를 전해주세요〉, Pigment, 19×32", 2022.

게 된다. 보이는 차원을 넘어서게 된다.

얼음이 녹는 두번째 사진에서도 비슷한 변주가 일어난다. 어쩌면 어항을 빠져나간 물고기들의 행방을, 녹고 있는 얼음에서 찾게 되는 것이다. 이를테면 그런 상상을 해보게 된다.

1. 그들은 수도관 밑으로 흘러내려갔을까?

2. 바닥에 떨어지자 얼음으로 변했을까?

3. 수조로 빨려들어가 배수장 안에 살다 아주 오랜 시간이 지나, 물의 일부가 되어 다시 언 걸까?

복수의 이미지 앞에서 우리의 상상력은 세세해지고 물고기는 아주 먼 공간까지 간다. 여러 계절이 지난 시간으로 이동한다. 그런 일을 잘하고 싶어 사진가들은 숙고한다. 어떻게 하면 사진과 사진이 만나 두 마리 물고기가 될 뿐 아니라, 우물을 만들 수 있을지. 엎질러진 시제 위아래로 독자들을 어찌 떠내려보낼지.

Migration, 〈Tell Them I Said Hello 나의 안부를 전해주세요〉, Pigment, 45×55", 2022.
A Circle of Tenses, 〈Tell Them I Said Hello 나의 안부를 전해주세요〉, Pigment, 12×38", 2022.

사진(스틸 이미지) 또는 영상(무빙 이미지)에 국한된 진실은 아니다. 보는 사람, 독자가 해내는 수행이기도 하다. 그러니까 이미지가 완성되기 위해서는 세 사람이 필요하다. **찍힌 대상, 찍는 사람 그리고 읽는 사람이 함께 완성하는 언어가 이미지다.**

4월 14일

시

약속이 있었다

폭설을 뚫고 자라난 존재는 사월의 속도를 어떻게 이해하는가

어떤 기억은 발음에 익숙한 쪽으로 굽어 있다

침묵에는 누락된 눈빛이
포옹에는 누락된 시간이

나를 통과한 산수유는 모두 부러졌다

약속이 있었다

여러 사람이 울었다 우는 동안 시절이 바뀌었다

잃어버린 사람들이 돌아온다

개와 고양이가 돌아온다

너에게 무어든 줄게

과거에 오래 머물렀던 자들은 현재를 미래처럼 산다

몸을 접었다 펴면 당신 앞이다

* 요지경 출판사의 청탁으로 쓴 시입니다.

4월 15일

시

포토그래프

사진은 사진.

사진은 귀. 사진은 벽. 사진은 문.

사진은 분필. 사진은 칠판.

사진은 일기예보.

사진은 실패하는 기상청.

사진은 나머지.

사진은 섬.

사진은 부표. 사진은 약속 장소에 없는 친구.

사진은 가져본 적 있는 문장.

사진은 내가 놓친 응시.

사진은 회유.

사진은 시.

사진은 언제나 성립하는 풍경.

동시에 사진은 매번 실패하는 진실.

사진은 집.

사진은 폐허.

사진은 처음 보는 도형.

사진은 다시 만날 세계.

사진은

사진은 사진.

사진은 사진 아닌 모든 것.

4월 16일

사진과 문장

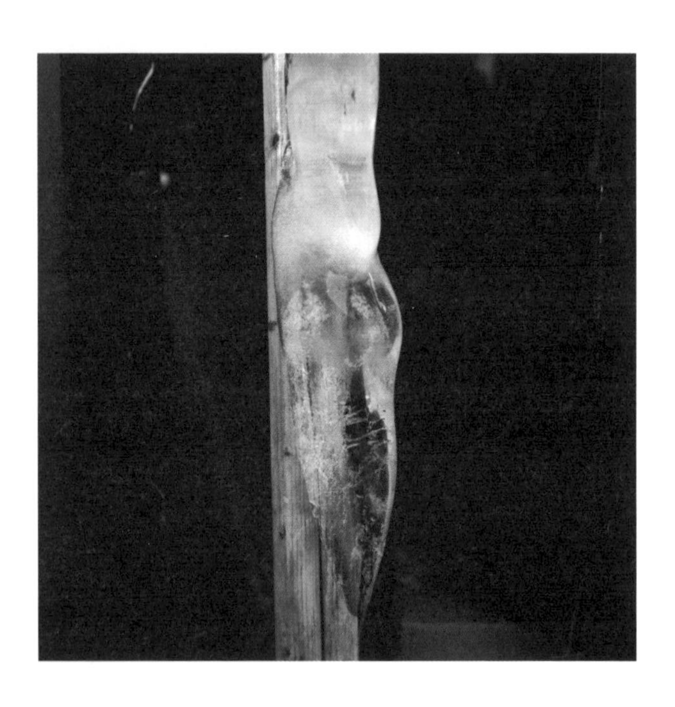

『엄마. 나야.』(난다, 2015)를 읽는다.

“그리운 목소리로 아이들이 말하고,
 미안한 마음으로 시인들이 받아 적다.”

304명의 이름을 이으며……

작별이 아니어서 인사하고 오지 않았어 [1)]

아빠 우는 거 여기서 다 보여[2)]

나 지금 노래 불러

들려? [3)]

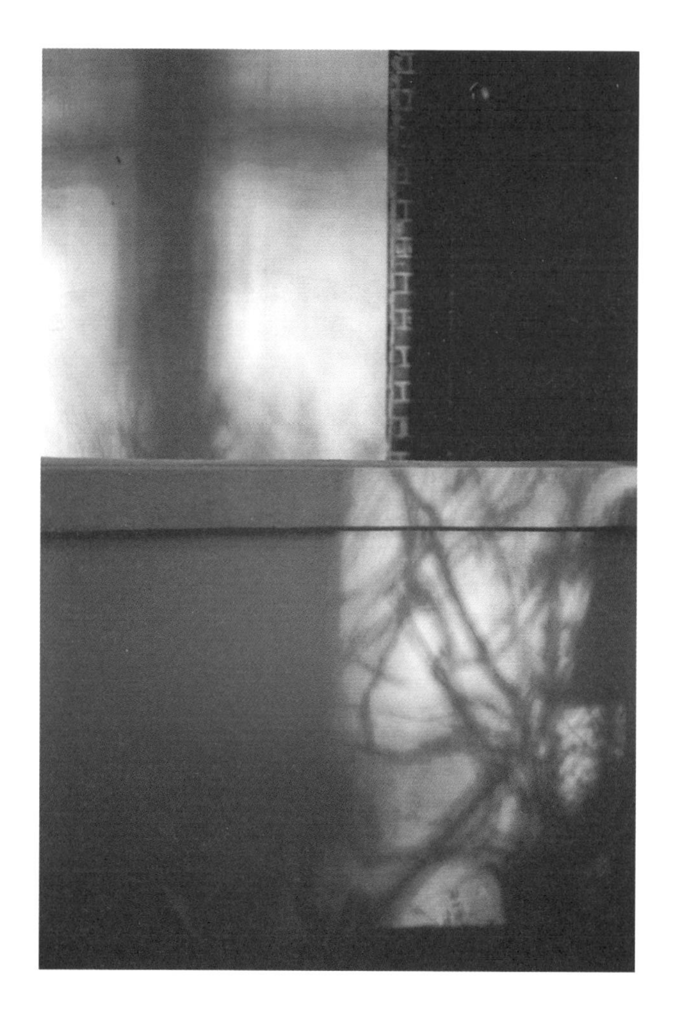

슬픔을 슬픔답게 충분히
기쁨을 기쁨답게 충분히
눈물을 눈물답게 충분히
웃음을 웃음답게 충분히
기억을 기억답게 충분히[4]

편백나무 숲처럼 울울창창한 [6)]

여기서 내가 다 들을게요. [7)]

다들 와줘서 고마워. [7)]

○

상실을 겪은 이들과 그들의 곁에 있었던 사람들을 위해,

기도하는 마음으로 그간 찍은 사진과

여러 사람의 목소리를 이었다.

1) 그리운 목소리로 권지혜가 말하고 이원 시인이 받아 적다.
2) 그리운 목소리로 안주현이 말하고 민구 시인이 받아 적다.
3) 그리운 목소리로 심장영이 말하고 서효인 시인이 받아 적다.
4) 그리운 목소리로 김주아가 말하고 유현아 시인이 받아 적다.
5) 그리운 목소리로 임경빈이 말하고 김경인 시인이 받아 적다.
6) 그리운 목소리로 양온유가 말하고 박연준 시인이 받아 적다.
7) 그리운 목소리로 곽수인이 말하고 성미정 시인이 받아 적다.

○

타인을 받아 적는 일은 언제나 불가능에 가깝다. 그래도 어떤 날은 눈을 크게 떠본다. 애도는 시간을 넘나들며 계속되고, 이미지는 불완전하지만⋯⋯ 내가 가진 장면을 모아 그리운 이름들에게 보낸다.

사진들

94쪽 | 얼어붙은 노래, Pigment, 24×24", 2024.
97쪽 | 엄마, 나야, Pigment, 37×27", 2023.
98쪽 | 눈꺼풀, Pigment, 21×21", 2024.
101쪽 | 도착하는 하은이, Pigment, 41×27", 2023.
102쪽 | 너와 나, Pigment, 25×28", 2023.
104쪽 | 통과하는 시간, Pigment, 16×24", 2024.
106쪽 | 나는 이제 어디든 갈 수 있어, Pigment, 7×8", 2022.
107쪽 | 시간 상자, Pigment, 22×22", 2023.
108쪽 | 다들 와줘서 고마워, Pigment, 31×43", 2024.
110쪽 | 모든 쉼과 모든 숨, Pigment, 55×80", 2024.
112쪽 | 이맘 즈음에는 허밍이 들려온다, Pigment, 13×11", 2023.

4월 17일

시

우리에게 집은
지구뿐이라는 사실입니다

13

12

11

10

9

8

7

6

5

4

3

2

1

0

점화!

아폴로 13호가 지구를 떠났다

우주 비행사 러벌은 다정한 편이다. 콧대 높은 비행사들과 다르다. 우주 비행사 프레드 헤이즈는 고등학교 때 기자였다. 한때 스포츠 기자를 꿈꾸었다. 살아 돌아온다면 많은 것을 보도할 예정이다. 사령관 켄 매팅리는 헌신하는 사람. 우주 비행에 모든 것을 걸었다. 세 살부터 우주 비행만 꿈꾸었다. 홍역에 걸리는 바람에 아폴로 13호에 타지 못하게 되었다.

러벌과 프레드는 달의 산맥으로 향한다.

우주 여행은 또다른 에덴동산을 찾는 일
우리가 지구를 훼손했으니 다른 장소를 찾아 떠나야 합

니다

휴스턴,

지구의 소식을 듣고 싶다

알겠다 찾아보겠다

비틀스는 그룹으로서 활동을 중단하겠다고 오늘 밝혔다

오 저런, 오케이 굿 나잇.

관제실과 우주선은 삼십만 킬로미터 떨어져 있다

달에서 인사를 전한다 휴스턴

조금 전 백 킬로미터 상공에서 달의 분화구를 보았다.

많은 사람이 달에 왜 가냐고 묻습니다

달의 기원에 대해 알아내면

지구의 비밀에도 가까워질 수 있으니까요

그 시각 베트남에서는 전쟁이 이어졌고

미국에서는 폭동이 발발했고

마틴 루터 킹이 총격을 당했다

행성 바깥에서 들리지 않는 불협화음들
이어지고 그때

아폴로 13호가 순항하다가
메인 B 버스에 저전압이 발생했다
쾅 소리와 함께 주의 경보가 울렸다

이 세계는 결국 하나의 끈으로 연결돼 있다는 듯
하나의 실언이 다른 실언으로 이어진다는 듯

삶은 떼어놓을 수 없는
거대한 하나의 농담이라는 듯

휴스턴, 문제가 생겼다
중대한 전기 결함이 생긴 것 같다

관제실이 분주해진다

운항 책임자는 관제실의 쿼터백

스무 명의 관제사가 원격으로 귀환을 시도한다

지구로 돌아갈 확률은 오십 대 오십

어떤 길을 선택해도 시간이 지난 뒤에야

우리의 결정이 옳았는지를 알 수 있죠

우주에는 밤이 없다

팔을 쭉 펴고 엄지를 세우면 지구가 완전히 가려져요

내가 아는 모든 것, 내 가족과 친구들이 다 저 작은 구슬에 있구나

엄지를 떼며 다짐해요

저기로 돌아가야 한다

기회는 한 번뿐

전구 두 개를 밝히는 전력으로 우주선은 지구로 향한다

궤적이 완만해서 어쩌면 그들은 돌아오지 못한다
평생 우주를 맴돌게 된다

내가 아는 것은 우리에게 집은 지구뿐이라는 사실입니다

이번 우주 비행에서 처음으로
관제실에 의심의 그림자가 드리우기 시작했다
탑승원들에게 무슨 일이 생겼을지도 모른다는 두려움이

교신이 돌아오지 않는 일 분 삼십 초

착륙선에서 대답이 없는 거예요
정적이 흐르는 동안 저는 이미 아흔 번 죽었어요

세 개의 낙하산을 달고
바다로 떨어지는 착륙선
사십만 킬로미터의 사랑

* 1970년 4월 13일, 전기 결함에 의한 치명적인 폭발로 아폴로 13호는 귀환하지 못할 뻔했다. 탑승원들은 달 표면 착륙에는 실패했지만, 관제실과 우주 비행사들의 기지로 400,171킬로미터를 이동해 돌아왔다. 그들은 지구에서 가장 멀리 여행한 인간이 되었다. 귀환 후 두 달 만에 비행 전 유지보수팀에서 산소 탱크 하나를 손상시킨 것이 조사로 밝혀졌다. 이 시는 당시 인터뷰와 다큐멘터리 아폴로 13호를 참고, 변주, 인용하며 쓰였다.

4월 18일

일
기

사랑에서 시작되는 단상

○

너는 내가 가져본 최고의 응시야. 당신이 편지에 썼다. 눈빛이 끊임없이 돈다는 게 무슨 말인지 우리는 알지.

응시를 사전에서는 이리 푼다. 눈길을 모아 한곳을 똑바로 바라보다. 시기에 맞추다. 때에 따르다. 의미는 다르지만 한곳에서 만나는 말들. 흩어지지 않는 시선을 기다렸다.

깊이 몰두하는 사람의 얼굴을 본 적 있는지. 얼이 빠진 당신의 표정을 알고 있는지. 자신이 지은 표정을 거울로 본 적 없는 자가 실감한다. 아마도 나는 어딘가 다른 사람이 되겠구나.

매혹당한 저 얼굴 좀 봐. 여러 목소리가 들린다. 나도 원한다고. 이제껏 쌓아온 삶을 내던질 만큼 무언가 강렬하게 원해본 적 없다고. 자신의 갈망을 알게 된 자들은 당혹스럽다. 네가 가진 걸 나도 갖고 싶다고 말하는 대신 수군댄다. 수군대는 자들은 가장 맹렬하게 바라는 자들이다.

그런 좋은 일이 나의 이야기는 아닐 거라고 한다. 여기로 와. 매혹당한 자만 탐닉의 지도로 들어서게 된다.

○

계속 보고 싶은 무언가가 생겼다. 내처져도 괜찮다. 외면당해도 다시 돌아가기로 한다. 못처럼. 활시위처럼. 나는 하나의 목적만 가졌다. 어디선가 응시가 도착한다. 눈길을 받은 자는, 어느 한구석이 뾰족해진다. 뾰족해질 수밖에 없다. 그런 장면에 다른 이름을 붙일 수 있을까? 하나의 대상 때문에 우리는 대륙만큼 넓어지고 전기처럼 빨라지고 바다만큼 무거워진다.

○

복숭아 향이 난다. 어느 실외 조명 앞이다. 우리는 비밀을 여러 조각으로 잘라 나누어 먹는다. 말이 드나든다. 말과 말 아닌 것들이 뒤섞인다. 오래된 시간이 교차한다. 이 기쁨을 아는 건 둘뿐이다. 낮빛이 달라지고 받는 자 또한 부지런해진다. 어떤 변화를 예감한다. 돌아갈 수 없겠구나. 이건 한 사람의 이야기. 우리는 모두 응시하는 주체인 동시에 응시받는 객체다.

○

오래된 소파처럼 죽어 지낸 적 있다. 흐르지 않고. 제자리에서 따분하게 반성에 반성을 거듭하던 날들. 자책은 편리한 자위. 실은 누구를 위한 것도 아니다. 책망과 위로는 같은 나무에서 자라는 열매다.

나는 거대한 소파였지만 이제는 살아 움직이는 거실이다. 살기로 하자 내 안에 서식하던 언어가 꿈틀댄다. 죽은 상태일 때도 언어는 생각한다. 새로워지고 싶다. 다시 태어나고 싶다. 새로워질 수 있다면 벽에 몇 번씩 머릴 박고 몸을 통째로 벗을 수도 있다. 그러다가 몇 번 죽기도 했다. 죽고 나면 움직인다. 움직이는 자는 필연적으로 말을 갖게 된다. 매일 새 눈을 갖게 된 저 두루미들 좀 봐.

○

응시를 돌려준다. 지목되었기 때문이다. 지목된 자는 거리낌없어진다. 물이 살을 쓸어내리면 계속 앞으로 나아가게 되는, 어느 중요했던 수영의 감각처럼. 몸에 남게 된다.

○

그러니까 응시는 내가 나에게 건네는 예언의 주소지이기도 하다. 신비하고 이상하지 않나. 과거의 용기로부터 미래의 언어가 시작된다는 건.

○

그의 시선이 얼굴에서 책등으로 옮겨간다. 책등에서 내지로, 내지에서 활자로 다시 이동한다. 그 책이 왜 좋은지 이야기하는 동안, 밤은 우리를 본다. 나의 두 눈을 봤다가 그의 뺨을 봤다가 코와 입술 사이를 밤은 훑는다. 우리는 탐

독된다. 이 모든 시간이 보이지 않는 곳으로 사라진다.

골똘히 몽상하는 이에게 그러니까 잘해주길. 누군가를 응시할 채비를 하고 있을지도 모르니까. 달라지기 위해 이 세계는 기다리고 있다. 하나의 눈길에서 또다른 눈길로 움직일 준비를 일찌감치 마치고.

4월 19일

시

조감도

새가 지저귀었다 새는 매일 지저귀는데

겨우 새가 지저귀었는데

고양이들이 창가로 모였고
감나무에서 설익은 감이 후두두 떨어졌다

장독대에 금이 가고
오래된 믿음이 창문을 뚫고 뛰쳐나갔다
십 년간 회사에 다니던 사람이 광장으로 향했다

첫애를 낳은 부부가

일찍 눈을 떴다

운동장이 있는 동네에 포클레인이
들어섰다
노인들은 종이 한 장과 방을 맞바꾸었다
그들은 새 집을 알아보았다
새들도 집을 알아보았다
어떤 새들은 더 멀어졌다

가족이 되었는데 가족이 아니라고 했다

겨우 새가 지저귀었기 때문에 벌어진 일들이다

4월 20일

시

수어

아직 육지입니다

나는 음성으로도 말하고 손으로도 말합니다

둘 다 내 언어입니다

나는 입 모양을 잘 읽는 편이지만
사람들은 가끔 내 등을 두드립니다

뒤에서 날 부르는 이들입니다

손으로 말하는 날은

알아듣는 사람보다 놀라는 사람이 더 많아도
괜찮습니다

바다로 향합니다

바닷속에서는 내가 가진 말이 가장 귀한 말이 됩니다

바다에서는 손으로만 이야기할 수 있습니다

물속 깊이 들어가도
우린 듣습니다

(오른 주먹 새끼손가락을 펴서 끝을 오른쪽 입가에 댄다 손바닥이 밑을 향하게 손끝은 밖으로 향하게 두 손을 펴서 상하로 움직이며 왼쪽에서 오른쪽으로 이동시킨다

오른 주먹의 검지를 펴서 입 주위를 한 바퀴 돌린다 같은 주먹을 세워 옆면을 입에 댔다가 밖으로 내민다

엄지를 접고 나머지 손가락을 펴서 손바닥이 왼쪽으로 향하게 세운 오른손의 검지 옆면을 턱 중앙에 댄다

손바닥이 위로 손끝은 밖으로 향하게 편 양쪽 손가락을 엄지부터 구부려 주먹을 쥔다)

바다는 말이 참 많아요

(다섯 손가락을 모두 편 채 손을 앞뒤로 흔든다)

수다스럽죠

(오른 주먹의 검지를 펴서 얼굴 오른쪽에 댔다가 밖으로 내미는 동작을 두 번 반복한다

손끝이 밖으로 향하게 모로 세운 두 손을 마주보게 하여 양옆으로 벌린다)

매일 넓고요

(두 손을 펴서 손바닥이 위로 향하게 한다 손끝이 마주 보게 하여 천천히 아래로 내린다

두 손의 엄지 끝을 몸 중앙의 위와 아래에 대고 손가락을 흔든다

두 손바닥을 상하로 가슴에 댔다가 내리며 손바닥이 위로 향하게 한다)

차분하고 무섭고 편안하지요

(오른 손바닥을 가슴 중앙에 댄다

오른손을 펴서 손바닥이 밖으로 향하게 얼굴 오른쪽에 세웠다가 밖으로 내민다

오른손을 펴서 손바닥이 위로 손끝이 밖으로 향하게 하여 상대방 쪽으로 내민다

두 손을 약간 구부려 손끝을 양쪽 가슴에 대고 상하로 엇갈리게 두 번 움직인다)

나는 미래에도 당신이 반갑습니다

나의 언어는 물의 언어이기도 합니다

우리 대화를 엿들은 바다가

머리부터 발끝까지 일렁입니다

---

* 이 시의 수어는 한국수어사전의 수형 설명을 따랐습니다.

4월 21일

편지

우리가 추방한 우리
—음악가 김사월의 생일에 부쳐

너는 사월에 태어났고 이름도 김사월이다. 4월 21일에 태어난 사월은 자라나 몇 개의 이름을 갖게 된다. 이름이 여러 개라서 너는 괴롭고 또 풍요롭다. 네가 하나의 사월로만 살기로 했다면 나는 소중한 그 음악을 다 만나지 못했을 거다. '손에 흐르는 땀과 금속 냄새'가 너를 만들었고 네 음악은 수많은 인간이 이동하도록 만들었다. 그러니까 너는 잠수정을 짓는 사람과 비슷하다. 어차피 우리는 필연적으로 모두 움직이고 또 침잠하는 존재. 우릴 숨막히게 하는 저 많은 바다를 봐.

생일을 맞은 오늘, 너의 쾌락은 무엇이니. 무엇이 너를 짜릿하게 만드니.

요즘 나는 쾌락을 다시 생각하고 있어. 무감한 상태는 아니다. 지금 하는 일이 나에게 기쁨에 가깝지만 늘 쾌락은 아닌데, 오로지 일만이 중요한 사람처럼 살고 있다. 건강해야 업무를 제때 마치니까 뛰기 시작했고 아프지 않기 위해 끼니를 챙겨 먹는다. 이 정도 기쁨을 유지하는 것만으로도 감지덕지한 사람처럼, 더 큰 쾌락보다는 지금 앞에 놓인 걸 지키려고 겨우 산다. 그런데 그게 싫지 않다. 아등바등한 모습이 나에게 어울린다고 못되게 말해본다. 그래야만 나는 겨우 좋은 걸 누릴 수 있다고. 실은 많은 축복 속에 있는지도 모른다.

그렇다고 마냥 평온하지는 않다.

엊그제부터 악몽을 꾼다. 꿈에서 나는 항상 학교에 있다. 시험에서 낙제했거나 또래 친구들로부터 괴롭힘을 당한다. 매번 상세하게 불편하다. 자면서 식은땀을 줄줄 흘린다. 고약한 것들. 다행인 건 개네들 얼굴이 바뀌었다. 중학교 때 뒤통수를 때리고 물 떠오라고 시키던 친구는 더이상 꿈에

나오지 않는다. 나는 자꾸 학교로 돌아가고 매번 거기 새 학우가 있을 뿐. 내 안에 너무 많은 교실이 산다. 밤마다 걸상과 책상 사이에서 나는 너무 많은 수치심을 복습한다. 너무 늦었다. 이십 년 전 그 새끼들에게 저항했어야 한다. 시발, 그만해! 하고 소리도 질렀어야 한다. 더이상 찾고 싶은 마음도 사과받고 싶은 마음도 없다. 다만 나는 학교로 그만 돌아오고 싶다.

파티를 가도, 지하철을 타도 구석에 서는 사람들이 있다. 오래된 기억들 때문에 그들에게 시선이 간다. 물론 그들은 평온해 보인다. 사교적인 자리에 가면 모퉁이에서 이따금 어색해하는 사람들을 마주치지만 대체로 그들은 괜찮게 살아가고 있을 거다. 어떤 경험은 주술처럼 타인을 나인 듯 바라보게 한다. 그들도 혹여나 때를 놓쳐 곪아버린 말이 있진 않은지 괜히 염려하곤 한다.

역설적이게도 모서리에서 보낸 시간이 나를 나로 만들었다. 구석에서 보낸 시간 때문에 나는 다른 인간이 숨겨둔 꼭짓점을 관찰했다. 온갖 종류의 모서리를 오가는 동안 어색

하지 않은 척 흉내냈다. 그랬기 때문에 우정을, 힘을, 사람을, 연약함을 오래 생각했다. 덕분에 내 안에서 그 개념들이 풍성해졌다. 깨지고 넓어지고 다시 편성됐어. 파편을 모아 나는 여러 번 그 시절의 기억을 조립한다. 몇 번 더 조립하면 학교로 돌아가지 않게 될 거다.

버스에 삼삼오오 모여 있는 학생들을 보면 나는 그때의 우리가 얼마큼 작았는지 실감한다. 정말 작았구나. 어렸으니까 그랬겠지. 마음먹는 동시에, 저렇게 어린데 어떻게 그랬지? 하고 묻게 된다. 이런 이야기는 너무 개인적이니까 너에게만 해두겠다.

너의 생일날 나의 슬픔을 이야기하는 게 미안하다. 그럴 수 있을 만큼 네 앞에 안심한다는 게 고맙다. 네가 나에게 기꺼이 약해지기로 했던 것처럼 나도 오늘은 잘 부서지는 이 마음을 조금 의탁하고 싶다. 알지. 친구인 네가 거기 있다는 것만으로, 이 우정만으로 나는 괜찮아진다.

멀쩡한 듯 살지만 그리고 대부분은 우릴 그렇게 생각하

겠지만, 우리는 알고 있다. 어떤 마음을 못 본 척할 수 없어서 계속 제 발로 스스로를 뛰쳐나가는 경험을 우린 공유한다. '금속 냄새와 땀냄새'가 묻은 손으로 너는 그걸 음악으로 만들고 나는 시를 쓰고 산문을 쓴다. 그 사실을 생각하면 웃음이 난다. 슬프고 또 다행이다. 거기까지가, 우리가 추방한 우리까지가 우리니까.

새로 발명한 우리는 멀리 왔다. 그들이 짊어지고 온 모든 기억을 끌어안고 싶다. 몇은 이미 보내주었고…… 껴안기에는 걔들은 꽤 많이 흩어졌다. 오늘 그리하고 싶다는 마음이 중요하겠지.

고마워 사월아. 생일 축하해. 너의 모든 사월을 축하해.

4월 22일

에세이

짜샤이만 먹었다

벽이 붉고 장식이 화려하지만 한산한 중국집에서 종찬과 만났다. 일찌감치 식탁에 놓인 짜샤이와 완두콩에 손도 대지 않고, 우리는 한참 사랑에 대해 이런저런 이야기를 나눈다. 내가 사랑에 실패한 직후였다. 그날이 처음이었다. 성인이 된 후 아빠가 아빠 아닌 한 남자로 나에게 이야기하고 있다고 느꼈던 건. 종찬의 사랑, 미숙과 가꾸고 지켜온 시간을 듣는 동안 나는 내 나이였을 둘을 그려봤다. 또래의 두 타인으로 바라보자 그들에게 더 너그러워지는 거다. 동시에 내가 지나온 실패를 조금 멀리서 보게 됐다. 종찬이 다 말하지 않은 시간의 정원은 더 넓을 것이다.

내가 사랑에 실패한 직후여서, 둘의 시간에 대해서도 과감하게 물을 수 있었다. 실패해서 가능한 대화가 있다. 실패는 체면도 자존심도 차리지 않고 핵심으로 가게 만든다. 덕분에 종찬과 미숙이 부부로서 지나온 시간에 대해 상세히 들었다.

그러다 요리가 막 나올 즈음, 그는 힌트에 가까운 (그러나 알아들을 만큼은 분명한) 언어로 환갑을 훌쩍 넘긴 엄마 아빠가 오랫동안 주기적으로 아름다운 사랑을 나눠왔다고 말해주었다. 두 사람이 서로에게 연인인 게 중요하다니 다행이라고 생각했다. 종찬은 이야기를 이어갔다. "왜 인마, 지금도 엄마 아빠는……" 좋긴 한데 왠지 몰랐어야 할 것 같은 소식이 식탁에 놓인 기분이었다. 숨을 잘못 삼킨 사람처럼 웃었다. 뭘 또 그렇게 상세히 말해주냐고. 별것 아닌 이야기에 나는 괜히 부끄럽다.

부모의 사랑에 왜 우리는 인색할까. 친구들과는 잘도 떠들면서. 너무 많은 농담을 주고받으면서. 중년에 접어든 뜨거운 동료 부부를 만나면 좋아 보인다고, 무르익은 사랑을 부러워했으면서 왜 종찬과 미숙의 사랑은 나에게 덜 보였을까. 가족이 내 안에서 타자화되는 시간이 필요했겠다. 멀어져야 보이는 모습, 나의 근시안을 생각한다. 그들이 삼십대일 때 왕성하지 않았다면 나와 동생도 없었겠지. 오만가지 생각 속 불그스름한 양념을 바른 어향가지와 향신료가 어지럽게 섞인 볶음밥이 나왔다. 이거 왜 야한 음식이었던 것 같냐. 김이 펄펄 나는 가지를 먹으려는데 부모가 사랑을 나누는 장면이 떠오르는 경험을 해본 적 없는 나는 시고 달큰하고 곤란한 그 안부에 미끄러져 그냥 앞에 놓인 짜샤이를 한 젓갈 집어 입에 넣고 아그작 아그작 씹어 먹었다. 짜샤이만 먹었다.

4월 23일

작업 노트

우리가 같은 방향으로
움직이지 않는다 해도

전부 한 사람이 쓴 문장인데, 하나의 마음에서 시작된 일들인데, 한몸으로 온전하게 묶기가 이리도 어렵다.

○

가드닝 나이프의 날을 갈아 첨예하게 만들듯,

일찍 일어나 손톱을 자르고

면도하고

온몸을 구석구석 씻은 뒤

경건히 나무 앞에 서는 정원사를 생각한다

○

네 슬픔을 설명하지 않아도 돼.

○

우리는 서로의 편의에 맞춰 동원된다. 방치하고 방치된다. 선의는 때때로 누군가에게 돌아간다. 어떤 친절은 아무에게도 도착하지 않고 폐기된다. 누군가 나를 붙든다. 나도 가끔은 친구의 이름을 부른다. '사람'을 동사형으로 쓰고 싶은 날이다. 사람하며 사는 동안 벌어지는 일들의 목록은 고맙고 지긋지긋하고 혼돈으로 가득하다.

○

자다가 퀴퀴한 냄새가 나서 깼다.

○

침대 끄트머리에서 그가 발견한 건 그리움이다. 요즘 어딜 가든 거기에 있다. 땅에 끌리는 꼬리처럼 매번 거추장스럽게 거기. 끈질긴 꼬리. 우리는 성실하고 취약해서 지나온 시간의 궤적이 땅에 질질 끌린다. 이렇게까지 그리워할 일입니까. 아무도 대답하지 않는다. 침묵도 대답이다. 시 때 없이 나 아닌 것들로부터 나를 확인받는다. 하나의 대상으로부터 달아나고 싶어서 생활이 통째로 굴러가기도 한다.

○

움직임은 사랑의 중요한 전제. 우리가 같은 방향으로 움직이지 않는다 해도.

○

홍합을 주문하는데 mussel 하고 발음하면 다른 성질을 가진 음식 같다. '머쓸'이라니. 근육이 떠올라서 먹을 수 없을 듯하다. 주문한 홍합 스튜를 맛있게 먹는다.

이름만으로, 발음만으로 호명되는 대상이 이리도 달라진다. 하물며 사람을 호명할 때는 어떨까. 우리에게 이름이 있다는 사실을 떠올린다. 정확하게 부르고 정확하게 불리며 살고 싶다고 생각한다. 오랫동안 나의 이름은 잘못 발음돼왔다. 커피숍에서도 콘서트에서도 직장에서도 매번 정정하는 삶이 지겨워 그냥 Jin이라 부르라고 했다. 반으로 잘린 이름으로 불리며 십 년을 보낸 사람은 뜬금없이 홍합을 먹다 생각한다. 이제는 내 이름으로 불리고 싶다. 나의 이름을 미안해하지 않고 싶다.

언제부턴가 타국서 참여하는 모든 활동에 한글 이름을 같이 기재한다. 'Jinwoo Hwon Lee 이훤'이라고 쓴다. 둘 다 내 이름이니까. 나의 모국어를 그들이 읽지 못하는 사실에 부채감을 느끼지 않기로 했다. 그들이 자신의 언어를 부끄러워 않듯이.

호명은 서로를 소환하는 주문. 존재 방식에 허락을 구하지 않는 태도는 그런 데서 시작된다고 믿게 되었다.

○

길 잃고 들어선 공원인데 어쩐지 와본 적 있는 것 같다. 나는 날 잃어버린 적 있는 것 같다. 사진을 몇 장 찍는다. 본을 뜨듯 셔터를 누르며 또각. 또각. 풍경이 부러지는 소리를 듣는다. 낯선 공간이 우리를 받아 쓴다. 사실은 모두가 어딘가에서 배회중이다. 사라졌다가 다시 돌아오는 중이다.

○

빠르게 노트에 기분을 휘갈긴다. 알아보지 못할 만큼 길고 이상하고 아무렇게나 이어지는 문자들. 비 온 날 중첩되는 바퀴자국처럼. 백지 위에서 제 발자국을 알아보지 못하는 파충류의 기분으로 이동중이다.

○

퇴장.

○

소파에서 깜빡 잠이 들었다. 시간이 얼마나 흘렀지. 커튼이 밤바람에 흔들리는 소리가 들린다. 숨 냄새를 맡으며 깬다.

눈을 뜨면 아무도 없는데, 감으면 누군가 있는 것 같다.

밤새 동네를 걷다 온 내가 나를 반긴다.

4월 24일

에세이

가끔은 모든 게
너무 빠르기 때문이다

십여 년 전 내가 일하는 사무실 반대편에서는 잉크 냄새가 나고 거대한 지게차가 돌아다녔다. 그때는 잡지사에서 일했다. 종이로 만든 것들이 좋았기 때문이다. 출판물들. 크고 두꺼운 사진집, 손안에 꼭 들어오는 전시 도록, 개성 있는 문예지, 패션지, 재즈지, 그즈음 터져나오기 시작한 독립잡지들. 쌓아놓고 하나씩 펼쳐보고 있으면 누군가 공들여 만나고 있다는 기분이 들었다. 타인이기도 하고 세계의 일부이기도 한 모두를 내 방에 들일 수 있었다—게다가 내가 원할 때만 만날 수 있었다. 내향적 인간에게는 그 책들 때문에 시작된 세계가 많다. 꿈꾸게 되었다. 나도 누군가에게 작은 불을 시작할 수 있다면. 비슷한 일이라도 도모할 수 있다면. 그런 마음으로 혼자 쓰던 글을 들고 잡지사에 무작

정 찾아갔고 운 좋게 다음주부터 일하기 시작했다.

글 쓰는 사람이라면 잡지 에디터로 살아가는 자신을 상상한 적 있을 거다. 그 일은 감각과 안목을 필요로 한다. 하지만 일할수록 가장 필요하다고 느꼈던 자질은 인내심과 체력이었다. 물리적인 집념. 창의적인 끈기.

잡지를 만드는 몇 년이 좋았다. 매달 처음 만난 인터뷰이의 이야기를 듣고 몇 시간씩 녹취 풀고 정리해 기사화하고 필자와 시각 작업자들을 모으고 교정하고 감리 보고. 꽉 찬 한 권을 위해 얼마나 많은 손과 눈이 가담하는지 알게 됐다.

아주 구체적인 노동을 목격한 그 경험 덕분에, 이후 출판 편집자와 디자이너, 마케터들이 해내는 일에 커다란 존경을 품고 협업하게 되었다. 한 권의 책이 만들어지는 동안 여러 명이 전문성을 발휘한다. 그러니까 책이 작가의 일만은 아니다. 누군가는 밤늦게까지 표지를 만들고 누군가는 텍스트와 텍스트 사이 공간을 삼 밀리미터로 할지 이 밀리미터로 할지 결정하지 못해 밤에도 벌떡벌떡 깬다. 동료들은 책이 없는 데서 책을 가장 열렬하게 전한다.

그때는 종이 잡지가, 웹진과 큐레이션 베이스 플랫폼의 역할을 선도했다. 좋은 전시나 발굴되지 않은 뮤지션, 발군의 영화를 찾아다녔다. 독자들도 부지런히 읽었다. 성실하게 따라 읽고 전시와 영화, 책이 있는 곳으로 향했다. 종이 잡지는 지금도 남아 있지만 인쇄 부수가 계속 줄고 있다고 들었다. 잘 읽고 있다며 손편지를 보낸 옛 독자의 마음을 생각하면 어딘가 아득하다. 물론 나 또한 휴대폰으로 기사를 읽는다. 빠르게 읽고 많이 읽고 쉽게 아카이빙할 수 있는 편리함을 누린다. 다만 그때는 어떤 플랫폼도 이런 일을 대체하지는 못할 거라는 믿음이 있었다. 어떤 오래된 믿음이.

불과 십 년 만에 사람들은 다른 속도로 움직인다. 화면으로 읽거나 아예 읽지 않는다. 주로 본다. 너무 많은 것을 휴대폰으로 보고 티브이로 보고 아이패드로 본다. 각진 화면을 바라보던 사람들이 각진 전화기로 하트를 보낸다. 요즘 우정은 스크롤하고 화면을 누르면 전해진다. 터치 센서를 통한 우정. 일순간에, 마주치지 않고도 근황을 확인하고 안부를 전할 수 있는 사람들이 되었다.

엊그제는 광화문에 갔다. 교보문고에 들렀는데 중앙부에 자리했던 잡지 매대와 시 매대가 보이지 않았다. 잡지는 구석으로 옮겨졌고 시 매대도 한참 찾았다. 베스트셀러 진열대에는 자기계발과 소설과 에세이가 있지만 시는 없다. 한 서점일 뿐이라고 자리 배치일 뿐이라고 생각하기로 하지만 오래 사랑해온 것들이 사람들로부터 조금씩 멀어지고 있다는 사실을 모른 척하기는 어렵다. 한때 우리를 묶어준 이 매체는 점점 더디게 손에 쥐어지는구나. 잠시 덜컹인다. 믿었던 것들이 아무것도 아닌 게 될까봐. 오래된 나의 매체가 낙후될까봐.

보이지 않는 데 독자들이 있을 거다. 독립서점에도 읽는 사람은 있고 온라인에도 있고 그걸 한자리에서 확인할 수 없다. 매대 자리를 옮긴 서점 관계자들이 실은 가장 잘 알고 있을 거다. 누구보다 오래 어떤 수치들 앞에 초조해지며 내린 결정이겠지.

언젠가 친구가 출판은 사양산업 아니냐고 악의 없이 물었는데, 이십 년 전에도 그런 말은 무수히 돌았다고 나는 대꾸했다. 진짜 그렇다고 생각해 그런 말을 했는지도 모른다. 아니라고 생각하고 싶어서 노래를 크게 틀고 부러 흥얼거리며 서점에서 돌아왔다.

쓸 거다. 그래도 쓸 거다. 그리고 부지런히 구매할 거다. 시집을 사고 종이 잡지도 계속 들이기로 한다. 종이로 된 물성을, 빳빳하게 제본된 책장을 넘기는 일이 아직 기쁘다. 서점에서 여러 권을 펼쳐보고 우연히 만난 책을 들고 나오는 그 과정이 좋다.

구매는 그걸 만드는 이들을 가장 직접적으로 응원하는 선택이다. 종이책은 웹 링크보다 다소 수고스럽고, 하물며 시는 때때로 시간을 요구하지만…… 가끔은 모든 게 너무 빠르기 때문이다. 우리는 공들여 누군가를 만나는 일에 퇴화중이다. 사람을 늦추는 장치가 어느 때보다 필요하다. 시간이 드는 일은 죄다 멸종된 세상을 상상해보라. 번거로운 경험과 만남이야말로 중요했다고 회상할 우리를.

내 안에 아직 너무 많은 문장이 남았으나 이만 줄인다. 아직은 믿고 싶어서 그러는 거다.

4월 25일

일
기

2019년 4월 25일
타국에서 시작되는 단상

○

서른하고도 다섯 해 중 가장 현대적으로 이를 닦고 있다. 미세모 칫솔을 쓰며 저항하다 마침내 전동칫솔을 구매했다. 세차게 팔을 흔들지 않아도 이가 깨끗해지는 시대라니. 조금 전 개봉한 필립스 전동칫솔 박스를 접는다. 접다가 생각한다.

필립스Phillips에는 왜 L이 두 개나 들어갈까?

○

이제 전자사전이나 번역기를 들고 다니지 않아도 잘 알아듣는 사람이 되었다. 웬만한 질문에 응답할 수 있고 모르는 단어를 들어도 얼굴이 달아오르지 않는다. 은은한 차별에 사과를 요구하기도 한다. 아무리 그리해도, 아직도 이 나라 언어가 내 것이 아닌 것 같다.

한편 손가락을 몇 번 움직여 전동칫솔 리필러도 주문할 수 있다. 꽤나 편리한 삶이지. 그러나 이런 일은 내 나라에서도 가능한 걸.

내 나라가 어딘데?

○

친구는 내가 부럽다고 했다. 매일 모든 것이 이국적인 기분은 어떻냐고. 살기 시작하는 순간 그곳에서 '이국적인 느낌'은 옅어지고 이국만 남는다. 다른 나라. 우리 아닌 '쟤'의 감각으로 얼룩진 삶. 누군가의 생활 방식에 애써 맞춰나가다보면 어떤 날은 그게 곧 내 것 같기도 하다. 타인의 삶을 흉내내다보면 그리 믿게 되기도 한다. 타자로 사는 동안 나는 더 많이 늘어난다.

○

영어로 쓰인 복잡한 공문들.

너무 많은 고지서들.

터무니없는 진료비와 전화를 받지 않는 고객 센터.

무례한 식당. 오물처럼 식탁에 묻는 차별의 언사.

열네 시간 늦는 먼 모국의 안부.

그리고 피부색 다른 사람들이 있다. 미나리와 쑥이 먹고 싶을 때마다 한 시간 가까이 운전하는 사람들이 있다. 수고 없이 가능했던 일상이 불가능하거나 아주 번거로워진다. 한인마트에 가면 비슷한 어려움을 겪을 또다른 이주자들이 일하고 있다. 한국어도 영어도 아닌 다른 언어를 모국어로 구사하는 이들이 계산대에서 우릴 맞이한다.

쑥의 바코드를 익숙하게 찾아 찍으며 묻는다.

Cash or credit?

○

광화문, 성수, 인천, 부산, 대구 어디에서도 그 흔한 저녁

식사조차 약속하기 어려워질 때, 그건 그리움이 아니라 고립이다. 거대한 껍데기 안에 든 소라게가 어디서도 바다를 볼 수 없을 때.

○

그는 혼잣말이 늘었다. 더는 이러지도 저러지도 못해 거기 있는 사람도 많다. 너무 오래 타국에 머물러서 모국이 낯설어져버린 사람들. 그렇다고 이주지에 완전히 속하지도 못한 자들.

타국에서 몇 년 머물기로 했다는 어느 뮤지션의 노동 없는 떠돌이 체험기를 듣는다. 그는 지금 무슨 생각을 하고 있을까? 당신도 설거지하다가 티브이 보다가 혼잣말을 하나요.

외국인 노동자의 삶은 언제나 삼인칭이어서 잘 들리지 않는다. 자세한 안부를 알 수 없어서 사진 몇 장으로 먼 대륙의 그를 떠올린다. 독백을 반복하다 목소리가 작아지고…… 그러다 말을 멈추는 사람들. 무릇 이 나라에서만 일어나는 마음은 아닐 거라고. 모국의 친구들로부터도 비슷한 마음을 들은 적 있다.

이렇듯 사정은 사람마다 달라진다. 단절감은 소설을 완성하거나 노래를 몇 편 완성하고 귀국하면 모든 게 괜찮아지는 예술적 장치보다 크다.

○

사람들은 공고한 자기 껍데기 안에 병든 말을 숨겨두었다.

○

치약을 묻혀 칫솔모를 쓸어내린다. 현대적이지 않은 표정으로 핑크색 대야가 놓인 세면대 앞에 그는 느리게 서 있다. 사람이 얼마큼 느려질 수 있는지, 서 있는 행위가 얼마큼 수동적일 수 있는지 그는 생각해보았다.

욕조 앞에서 저를 모은다. 세면대의 하얀 거품들이 물에 씻겨 흩어진다.

○

불을 끄고 침대에 누워 전화기를 든다. 잠이 오지 않아 구글에 검색한다. "How to fall asleep."

Sleep에 쓰인 두 개의 ee는 평소보다 더 길게 말해야 할 것 같다. 그런 것들이 체화되지 않아서 부끄러웠던 날들이 길다. 나는 길고, 얇게 잠이 든다.

베개는 머리 반대 방향으로 두고 잔다. 그렇게 하면 반대편에 있는 얼굴들과 조금이라도 더 가까워진다고 믿는 사람처럼.

4월 26일

사진 산문

나중에 도착하는 과거
—종찬의 생일에 부쳐

당신은 영혼의 존재를 믿는가. 무언가 영혼을 건드린 적 있다면 어디에서였나. 사진을 처음 만났을 때 나는 영혼이 움직인다고 느꼈다.

미숙과 종찬이 한 살 된 나를 안고 있는 모습을 보았다. 주름도 흰머리도 없고 중절모도 쓰지 않은 지나간 시절 속 그들. 지금 중요하게 여기는 것을 그때도 꽉 쥐고 있었을까. 둘 다 일을 두 개씩 할 만큼 삶이 녹록지 않았다는 건 나중에 알게 됐지만 그들은 부단히 웃음을 사수했다. 어떻게 말하고 사랑했을지 그려본다. 내가 모르는 셋의 장면이 너무 많다. 그래도 사진 덕분에 일부는 만날 수 있다.

우리가 사진을 함께 보고 있다는 건 프레임 단위로 성실하게 폐기되는 시간을 누군가 얇게 잘라 보관했다는 뜻이다.

기억나지 않는 집에 들어가 내가 모르는 종찬과 미숙의 생활을 찬찬히 들여다본다. 내가 모르는 피아노, 그네, 카세트 플레이어. 종찬도 치고 나도 쳐보았을 피아노와 카세트에서 흘러나왔을 팔십년대의 음악. 어디로 흘러갔을까. 지금 무엇이 됐을까.

밥을 제때 안 먹고 울음 터뜨리던 아이가 자라서 생각한다. 종찬을 자세히 본다. 지금보다 형형한 눈빛, 빽빽한 머리카락, 올곧은 체형. 미숙이 쓴 오래된 글씨와 책장 아래 작은 물건들이 나를 어딘가로 안내한다. 일터에서 돌아와 저 문장을 쓰던 미숙은 무슨 생각을 했을까. 이십 년 늙은 문장으로 내가 들어간다. 한 장의 사진 앞에서 분주하게 움직인다.

사진이라는 매개를 그렇게 사랑하게 됐다. 카메라가 어떻게 작동되는지 몰랐을 때부터. 조리개와 셔터스피드를

미숙이 남긴 기록 Ⅰ, 1987년.

미숙이 남긴 기록 Ⅱ, 1988년 봄.

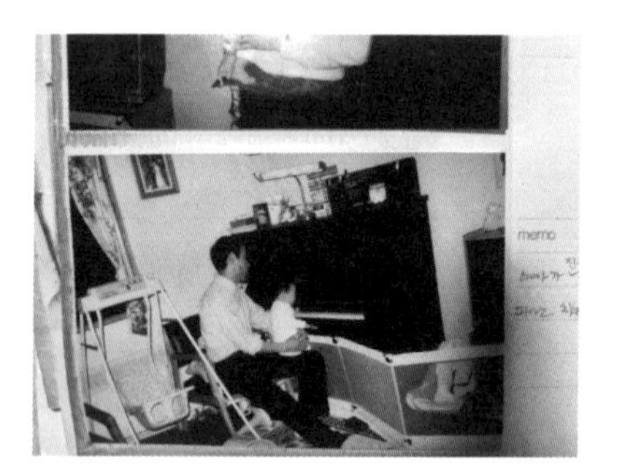

미숙이 남긴 기록 Ⅲ, 1987년.

이해하지 못해도 가능한 일이었다.

미숙과 종찬이 없는 사진에서도 비슷한 경험을 하게 되었다. 사진은 누군가의 역사를 드나드는 가장 편리한 회전문이다. 가본 적 없는 시대에 다녀오고 오래된 집에 들어간다. 거기에는 여러 편의 진실이 있다. 내가 무엇과 조화하고 또 불화하는지 본다.

사진 속 진실은 담는 이에 따라 무진하게 달라지기도 한다. 찍는 동안 우리는 실재했던 순간보다 더 대범해지고 통째로 없을 수 있으며 머리만 빼꼼 내밀고 숨을 수도 있다. 바게트 칼로 잘라낸 것처럼 어떤 질감은 훼손되지 않은 채 보관된다.

사진은 빛의 양을 조절해 렌즈 앞의 상을 옮기는 풍경의 이사다.

유년에는, 얇고 흰 봉투에 인화된 사진을 담아주었다. 한 뼘 크기 사진들을 가족이 둘러앉아 한 장씩 돌려보곤 했다.

그러느라 저녁이 다 갔다. 지나간 시간을 앉은 자리에서 다시 살았다. 과거와 현재를 그러모아 미래로 향했던 셈이다. 사진은 영혼이 과거에 개입할 수 있게 해주는 중요한 수단이었다. 조금 더 드물고 내밀한 것이었다.

시간이 많이 흘렀고 사진이 많아졌다. 달리는 택시와 지하철 벽면에도 사진이 있다. 사진은 더이상 우리에게 빈 시간을 주지 않는다.

최초의 사진기가 만들어진 천팔백년대 사람들은 이런 시대를 상상이나 했을까. 처음엔 누구도 찍히려 하지 않았다. 빛에 영혼을 빼앗길까봐 경계했다. 지금은 사진을 두려워하는 이를 찾기 어렵다. 영혼과는 무관하다는 듯 어딜 가든 찍거나 찍히는 사람이 있다. 그것을 두려워하지 않기 때문에 벌어지는 문제를 생각한다. 사진가는 사진을 찍는 순간뿐 아니라 찍지 말아야 할 때를 고민하는 사람들이다.

사진가가 된 후 유독 애정을 가지고 긴 호흡으로 진행중인 작업이 있다. 〈Tell Them I Said Hello 나의 안부를 전해주세요〉(2017-ongoing)이다. 나의 안부를 전해달라고 이름 붙인 건 만나지 못하는 슬픔 때문이었다. 그 슬픔은 오래 지속되었다. 언어와 몸이 먼 땅에 묶여버리자 어떤 만남도 즉각적으로 일어나지 않았다. 타인과 연결되는 일이, 말하고 싶을 때 말하고 먹고 싶을 때 먹는 일상이 얼마나 당연하지 않은지 실감했다. 모든 약속이 한두 해는 기다려야 가능한 일로 변했다. 기다리는 일에 지쳐 나는 카메라를 들고 걸었다. 무얼 느끼고 싶은지도 모르는 상태가 잦았지만 걸었다.

의도 없는 사진도 많이 남겼다. 여러 장소에서 혼잣말하는 사람처럼 찍고 수집했다. 한참 지난 후에 영혼이 그때그때 하고 싶은 말을 시각적으로 남겨두었다는 걸 알아차렸다. 오 년 전 찍은 이미지가 새 사진 시리즈의 핵심적인 재료로 쓰이기도 하고 통째로 다시 읽히기도 한다. 다른 사람의 말처럼 이미지가 돌아오는 것이다. 찍힌 것들도 시절마다 다르게 마음을 투과한다.

구체적인 계획을 갖고 찍기도 하지만 사후적으로만 도착

하는 세계가 있다. 찍는 사람도 자신이 왜 찍는지 모를 수 있다. 셔터를 누르는 순간과 사진을 이해하는 순간 사이에 시차가 있다는 사실에 주목한다. 영혼이 현재보다 뒤처질 수 있다는 사실에도. 어쩌면 우리가 영혼을 앞지르는 걸까?

사진을 보면서 몸과 영혼이 비슷한 선상에 놓인다고 느낀 적 있는가. 몇 해 전 같은 시리즈를 작업할 때였다. 여느 때처럼 열다섯 시간 동안 비행기에 몸을 싣고 한국으로 향하고 있었다. 옆자리가 너무 가까워 사람들은 쭈뼛거리며 옆 승객과 편안한 거리를 찾고 있었다. 몇 센티 사이에서 누군가는 팔을 먼저 뻗고 다른 누군가는 몸을 작게 만든다. 그들은 각자의 방식으로 점차 편안해진다.

불이 꺼진 기내에서 그들을 지켜보았다. 물리적으로 같은 공간에 있지만 각자의 화면에 시선이 향하고 있다. 앉은 자리에서 자기에게만 보이는 방을 만들고 있었다. 그 좁은 데서 사람들은 자기 방을 만들어서 그곳을 빠져나갔다. 영혼이 미세하게 이동하는 장면이었다고 해도 될까.

카메라를 집어들었다. 찍는 나도 미세하게 흔들렸다.

비행기 밖에서도 비슷한 마음을 목격한 적 있다. 나도 어떤 자리에서는 몰래 문을 만들어 슬쩍 빠져나갔다 돌아왔다.

이후 여러 관람객이 그 이미지에 반응해주었다. 그 모습이 어쩌면 우리의 보편적인 얼굴이라고 느꼈을지도 모른다. 그 비행기에서 벌어지는 일들이 삶을 가리키는 은유 같아서. 사회적 지위, 배경, 인종과 관계없이 모두에게 찾아오는 철저히 혼자인 상태. 철저히 혼자이므로 더 공고해지는 혼자의 순간이 쓸쓸하고 유약한 날의 내 모습 같았을 거다. 집이 있으나 계속해서 '집'을 찾아나서는 우리 모습처럼.

다 언어화되지 않는 쓸쓸함의 방을 몰래 들여다본 것 같았다. 그저 존재하기 때문에 발생하는 표정을.

기내를 찍는 동안 나도 카메라 앞에 놓였다. 찍는 자인 동시에 찍히는 대상이 된 것 같았다. 찍기 전부터 어떤 사진은 일찌감치 마음을 무너뜨린다. 그곳으로 오랫동안 돌아갈 거라고 예감하기 때문이다. 찍기 전부터 기억과 사진이 차

Citizens, 〈Tell Them I Said Hello 나의 안부를 전해주세요〉 Series, Pigment, 17x40", 2017–ongoing.

곡차곡 읽힌다.

사진을 잘 읽는 보편적인 방법 같은 건 없다. 나를 휘감는 대상에 집중하며 사진 너머를 그려볼 뿐이다. 먼저 보고 보이지 않는 데까지 적극적으로 움직여야 한다. 그런 비용을 지불할 때 가끔 우리는 사진이 아니었다면 멈추지 않았을 자리에서 새로워진다.

우리가 엇갈리는 장면은 속도와 무관할 수 없다. 영혼의 문제 또한 그럴 것이다. 더 멀리 가기 위해 포토그래퍼와 뷰어 모두 성실해져야 하듯, 영혼과 영혼의 만남은 한쪽만 이동하는 것으로는 부족하다. 그 사실이 어쩐지 공평하게 느껴진다. 너머로 가기 위해서는 모두가 수고해야 한다.

찍지 않아도 보고, 찍으면서도 보지 못하는 나날이다. **사진**과 **영혼**이라는 거대한 명제를 말하지 않고도 앞서 쓴 감각들을 우리는 공유한다. 그 과정을 충실히 기록하는 관찰자가 되고 싶다. 기록된 장면들이 내 영혼의 단서이기도 하다. 많은 이미지를 버리게 될 테지만 계속 찍고 싶다. 내 영혼이 할 수 있는 건 그런 일뿐이다.

자리를 지키며 애쓰는 것만으로 충분한 일들이 있다. 사진과 영혼 모두 그 일에 속한다.

Rooting, 〈Home Is Everywhere and Often Nowhere 집은 어디에나 있고 자주 아무 데도 없다〉 Series, 30x30", 2019.

4월 27일

시

산업잠수사

물과 나만 남을 때

찾아오는 평화가 있어

그게 좋아

이제 물에서 아무것도 청소하지 않는 그가

마흔 살

자신이 망치였고 청소기였고 용접 도구였던 시절을 회상한다

사람 수백 명 깊이만큼 바다에 내려가면 거대한 터빈이 고꾸라진 건물처럼 꽂혀 있다 한때 이곳은 수장룡의 집이

었다 세계가 작동하는 데 이런 기계가 왜 필요한지 어디까지가 욕심이고 직업인지 그는 잘 모르겠다 하지만 시간이 없다 이로 단단히 문 호흡기를 입술에 밀착하고 거대한 터빈 필터를 손가락으로 만지며 읽는다

잠긴 사물을 꺼낸다

1차에서 자전거가 나오고 드럼통이 나오고 2차에서 선풍기가 나오고 3차에서 텐트가 나오고 4차에서 죽을 뻔했던 날 들은 음악이 나오고 5차에서 고운 모래나 뻘이 나온다 인공 아가미로 숨을 마신 지 여섯 시간이 지난다

전기를 만들기 위해 동원된 청소기는 이제 이곳을 빠져나가야 한다

올라가야 하는데

공기공급호스를 지원하는 동료가 떠난 사이 호스가 빠지고 공기가 끊긴다 지금 나가야 한다 이십 초 후면 숨을 쉬지 못하고 가라앉을 거다 딸에게 했던 말이 기억난다

가끔 너무 외롭고 무서워 혼자인 게 아무것도 못해 그럴 때는 그냥 장비를 벗고 기둥 같은 걸 껴안고 있지

온갖 주먹질과 발길질

바다 쓰레기를 먹고 튜브 꼭지를 먹고 흙과 돌과 미역 조각을 입으로 먹으며 위로 가는지 앞으로 가는지 모르는 채 자신이 짓지 않은 모든 죄목과 위악을 회개한다 내려온 길을 찾는다

한 번만 더 살 수 있다면

눈이 감기고
다 끝난 것 같은데
비늘처럼 수면에 육중하게 박혀 있는
빛

올라오자마자 입으로 먹은 모래와 쓰레기를 토한다 진화에 실패한 공룡들은 다 어디로 갔을까

서해에서 세 달 동안 한 명은 필터에 끼어 죽고 다른 한 명은 호스가 끊어져 죽었다

오래전 사라진 생명의 서식지에서 빠져나가 그는
배에 오른다 타자마자
사표를 쓴다 돌아오지 않으리라 확신하면서
그 청소가 꿈에서 몇 번이고 되풀이될 걸 아직 모르면서

멸종할 뻔한 그는 잘 살 수 있을 것 같다

어딘가
조금 더 길어진 뺨을 만진다

납작한 발바닥과 손바닥으로 기어 육지에 몸을 딛는다

* 산업잠수사들은 해저에 있는 스크린을 청소한다. 물속에서 대여섯 시간씩 머물며 일한다. 사고 예방을 위해 2인 1조로 작업해야 하지만 그렇게 일하는 회사는 흔치 않다. 인건비 때문에 파트너 없이 일하는 게 다반사이고 비상호흡장치 없이 일하기도 한다. 그리고 많이 죽는다. 바다에서 참사가 일어나면 자진하여 시신을 수습하는 다수가 그들이다.

4월 28일

일
기

2020년 4월 28일
부재에서 시작되는 단상

○

만남보다 만남과 만남 사이의 시간이 더 길잖아. 그 시간 동안 우리는 우리가 겪은 일이 무엇인지 겨우 이해하게 돼.

한 계절이 지나서야 알게 되었다. 그 편지가 무슨 말인지. 들어섰던 사람이 떠난 뒤에야 무엇이 왔었는지 깨닫는다. 와인잔처럼. 제 몸을 빠져나간 바다를 천천히 복기하는 배처럼.

같은 자리에 남아 우리는 우리를 알게 된다. 나는 거기 남아 있다. 남아 있다는 말을 좋아한다. 남겨졌다와 다른 말. 자기 의지로 머무는 이들의 언어다.

계속하기로 하는 사람이 보인다. 오래된 시절을 끈질기게 붙드는 사람이 보인다. 하나만 남은 자리에서 둘을 떠올리는 얼굴도 띈다. 울창한 관계에서도 앙상해진 관계에서도 남아 있다는 말은 유효하다.

○

당신이 부르던 노래가 내 손에 남았다. 나에게 준 이름이 여기 있다. 함께 보낸 휴일의 풍경과 익숙한 향이 몰려온다. 남은 사람이 남지 않은 사람을 떠올린다. 하나의 시간을 각자의 방식으로 다시 산다. 그럼 두 개의 하루가 된다.

○

시간 앞에 얼마큼 자비로울 수 있어? 얼마큼 용감할 수 있어? 그리움의 유효기간을 누군가 정해준다면 하나의 마음을 맺고 시작하는 일이 조금 더 수월할 텐데. 끝없이 서로를 갱신하는 물의 포옹을 본다. 물이 물을 안고 물이 물을 놓아준다. 물이 물을 새롭게 시작한다. '기다린'과 '그리운'이 비슷하게 발음되는 것 같은 날. 우리는 바람에 머리칼과

눈썹과 셔츠와 마음이 아무렇게나 휘날리도록 내버려둔다.

○

상실한 사람들이 서로를 알아보게 되는 건 왜일까. 별말 않고도 무언가 이야기하는 사람이 되고 마는 건. 비밀의 광채라 부를 수도 있겠지.

기쁨과 슬픔은 수백 개 실처럼 묶여 있다. 한두 가닥만 잘라낼 수 없다. 가지려면 전부 떠안아야 한다. 어깨를 비워둔 채로 함께 걸었던 계단을 혼자 오르내린다. 하지만 다녀오면 우리는 또 새로워지는걸.

한동안 과거를 미래처럼 살았다.

○

그리움이 대체 뭐라고 우리가 이렇게까지 위태로워질까. 왜 이렇게까지 유능해질까.

한 사람이 보고 있다고 생각하면 전부 해낼 수 있게 된다.

어떤 종류의 우정은 부재의 모습으로 계속된다. 계속 기억하는 사람은 회귀한다. 하나의 시간이 같은 사람 안에서 몇 겹으로 불어난다. 불에 던져진 크루아상처럼.

○

이전과 같아질 수 없게 된 사람이 모든 곳에 존재하게 된 당신을 떠올린다.

이 글은 그에게 바치는 문이다.

4월 29일

편지

엘리엇에게

사진가 엘리엇 일로소폰은 1911년 사월 뉴욕에서 태어났다. 엘리엇이 찍은 사진들은 직관적이고 용감하다. 한편 사진 속 그는 비행 모자로 귀를 덮은 채 천진하게 웃고 있다. 사진 한 장이 수십 만 명을 움직이던 시절이었다.

엘리엇이 태어난 해로부터 백 년이 지났을 즈음, 나는 사진가로 일하기 시작했다. 그로부터 십여 년이 더 흘렀다. 그에게 편지를 쓴다.

○

엘리엇,

이 책을 쓰는 나는 2025년을 통과하고 있다. 이 시대에는 어디에나 화면이 있다. 화면에는 거짓말처럼 많은 사진과 영상이 흘러나온다. 어떤 날은 하루종일 십 초짜리 영상을 무수히 시청하며 의지라는 게 없는 사람처럼 화면 앞에서 산다. 그게 오늘날의 사진을 대체하고 있다.

이런 시대에 왜 굳이 나까지 사진을 찍어야 하나 싶지만 아직 찍고 있다. 그럴수록 선별된 이미지로 시공간을 만들고 싶다. 오랫동안 타자들의 눈으로 세상을 보아왔다. 받은 세계의 일부를 나의 시선으로 다시 건네고 싶다. 경계를 따라 흐르는 물처럼 그 열망은 아직 내 팔꿈치를 지나간다.

아직 나는 인화된 사진이 좋다. 이미지가 실재하는 증거로 남게 되는 그 과정이자 결과를 어찌 좋아하지 않을까. 정교하게 빚은 시간을 손끝으로 매만지며 살고 싶다. 종이를 쓸어내리고 그것의 나이를 짐작하면서 늙고 싶다. 그래서 종이책이나 잡지에 발표하는 일이 좋다.

이메일이라는 매체가 생겨 우편을 직접 부치지 않아도 사진을 서로 주고받는다. 필름 원본을 현상하지 않아도 마감 기한에 맞춰 파일만 보내면 된다. 파일은 화면 안에 머물고 인화할 수도 있지만 손에는 잡히지 않는 사진이다. 티켓 같은 거다. 이 시대 대부분의 사진가들은 서로 만나지 않는다. 우리는 개별적으로 활동한다. 이것은 21세기 대부분의 창작자의 모습이기도 하다. 우린 떨어져 다니는 사람들이 되었다.

엘리엇,

당신은 평생 사진을 했지. 나도 그렇게 살고 싶다. 반복할수록 모르는 게 더 많아진다. 당신은 그런 믿음이 있었는가? 수련이 창작자를 구원할 수 있다는 믿음. 거듭할수록 눈의 갯수가 늘어난다는 믿음이. 자기뿐 아니라 뛰어난 타인을 알아보기 때문에, 여러 사람의 눈으로 스스로를 지켜보게 된다.

방대한 동시에 또 몇 마디로 이해되기도 하는 이 사진이라는 매개를 어떻게 전달할 수 있을지 여전히 고민중이다.

물체를 있는 모양 그대로 그려낸 또는 그렇게 그려낸 형상이라고 사전은 사진에 대해 말한다. 이 말 때문에 나는 내가 경험해온 사진을 더 모르게 된다. 그리고 동시에 나는 오래된 진실을 다시 확인한다. 시선의 주인에 따라 이미지는 달라진다. 천 명이 '있는 그대로' 본 하나의 장면을 찍는다 해도 어딘가 다른 천 장의 사진이 남는다. 그리고 같은 사진을 본 천 명의 기억은 상이한 풍경을 복기한다. 그러니까 사진을 완성하는 가장 중요한 요소는 감각의 주체다. 누가 보느냐, 누가 기억하느냐에 따라 달라진다.

내가 하루 수백 장씩 보는 사진들은 대체로 직관적인 이미지들이다. 하지만 당신이 강조한 것처럼 명료하기 때문에 강렬해지는 사진들은 아니다. 표피만 남겨둔 사진이 대부분이다. 상품 판매와 연결된 이미지도 많다. 아이러니하게도 사진을 많이 보지만 사람들은 사진 작품과는 사진과 친하지 않다고 느낀다.

엘리엇,

당신에게 좋은 사진은 무엇이었나? 나에게 좋은 사진은 불가능한 걸 가능하게 만드는 장면이었다. 한때는 도자기처럼 건드리면 툭 깨질 듯한 장면이었다. 시를 쓰고 한참이 지난 후에 사진이 시와 닮았다고 느꼈다. 다 말하지 않았는데 왠지 알겠는, 그런 사진을 하고 싶어졌다. 아리송한데 궁금해지는 사진.

나는 사람들이 사진 앞에서 느려졌으면 좋겠다. 시와 닮은 사진이기도 하고 사진 그 자체로서도 성립되는 사진을 오랫동안 찍고 싶었다. 이제는 둘을 분리하고 싶은 마음이 드는 날도 있다. 그럴 땐 내 안에서 떼어놓는다.

엘리엇,
그러나저러나 나는 사람들이 다 다르게 읽어도 괜찮은 세계를 이미지로 만들고 싶다.

도서관이나 서점에 강의를 가끔 나간다. 그곳에서 사진을 보여주며 알게 된다. 갤러리 바깥에서 이미지는 어떻게 읽히고 있는지. 사람들이 얼마큼 전시장을 멀게 느끼는지. 선별된 사진이 소수의 사진 독자들에게만 소비되는 게 아쉽다. 나도 사진이 지긋지긋한 날이 있다. 전시장을 뜨뜻미지근하게 나서기도 하고 한 장도 찍지 않고 계절을 보내기도 했다. 하지만 이제 그리 말할 수 있을 것 같다. 나는 사진이 정말 좋다. 좋은 이미지는 우릴 움직인다. 몰랐던 자리로 나아가게 하고 거기 선 우리를 술렁이게 했다가 고요하게 만든다. 전시장을 찾지 않는 사람들에게도 사진을 건네고 싶다. 그래서 책이라는 매개가 나에게 더 중요해졌다.

시간이 흐르며 당신의 사진이 변했다는 사실을 무척 좋아한다. 나도 그러기를 바란다. 겁날 때마다 이 편지를 기억하고 싶다.

엘리엇,
내가 사람들로부터 수집한 증언들을 당신에게 전한다. 당신이 태어난 후 백 년 뒤의 이미지는 이렇게 남아 있다.

"기억의 수단이요. 사진 아니면 오래된 시간은 잘 떠오르지가 않아요. 그래서 찍는 것 같아요. 기억할 수 있는 방편이 필요하니까."

“수집품이요.”

“표정이요. 십 년 전만 해도 활짝 웃는 사진이 적었던 것 같아요. 요즘은 카메라가 익숙해진 건지 다들 편해보이더라고요.”

“가독성. 저를 설득시키는 이미지가 제게는 중요합니다.”

“선택적으로 읽고 싶은 대상이요.”

“마음으로 느껴지는 거요.”

“함축된 역사요.”

“회사에서 삼십 년 동안 일하면서 여러 사람을 찍어드렸어야 했어요. 저에게 사진은 모두가 나오는 장면이에요. 한 사람이라도 빠지면 다시 찍어요. 거기 없는 사람이 쓸쓸할까봐요.”

4월 30일

시

다음 땅

자고 일어나니 몸에서 뭐가 막 뜯겨져나왔습니다. 그것은 나랑 닮았습니다. 날 옮겨놓은 것 같습니다. 등과 무릎, 긴 다리를 봅니다. 날개도 있네요. 살은 아닙니다. 살이라기에 그것은 너무 연약합니다. 더 확신하는 쪽이 나일 것입니다. 확인하기 위해 내 팔뚝을 세게 쥐어봅니다. 배를 늘어뜨립니다. 눈을 감았다가 천천히 떠봅니다. 당신의 눈에 나의 눈을 가져다 댑니다. 그것은 살입니다. 나입니다. 나는 살아 있습니다. 어제 내가 찢고 나온 것도 나입니까. 내가 여기 있고 삶이 여기 있는데 가끔 이 모든 것이 나와 정말로 무관하다고 느낍니다. 여러 개의 몸을 가져본 적 있습니다. 많은 집을 가졌고 또 버렸습니다. 나는 수십 벌의 기억을 찢고 나옵니다. 어제는 들리고 싶어서 가장 높은 데 가서 소리 내어 울었습니다. 등과 다리를 접습니다. 이동해야 합니다. 숨을 길게 마십니다. 시간이 얼마 남지 않았습니다. 침묵을 가르는 첫 마디처럼, 나는 어느새 공중에 있습니다. 여러 계절을 여기서 보냈습니다. 기억하고 맙니다. 우린 날아다니는 동안 땅의 감각을 가장 잘 기억할 수 있습니다. 나도 당신을 기억하겠습니다. 다음 땅으로 날아갑니다. 거기에 가면 내가 있습니다.

* 차지량 작가의 작품 <Exuvium>에서 시작한 시. 동물이 탈피한 껍질을 뜻한다.

청년이 시를 믿게 하였다

초판 1쇄 발행 2025년 4월 1일
초판 2쇄 발행 2025년 4월 15일

지은이 이훤

책임편집 유성원
편집 권현승 정가현
표지디자인 한혜진 **본문디자인** 이원경
저작권 박지영 형소진 오서영
마케팅 정민호 박치우 한민아 이민경 박진희 황승현 김경언
브랜딩 함유지 박민재 이송이 김희숙 박다솔 조다현 김하연 이준희
제작 강신은 김동욱 이순호
제작처 영신사

펴낸곳 (주)난다
펴낸이 김민정
출판등록 2016년 8월 25일 제406-2016-000108호
주소 10881 경기도 파주시 회동길 210
전자우편 nandatoogo@gmail.com **페이스북** @nandaisart **인스타그램** @nandaisart
문의전화 031-955-8865(편집) 031-955-2689(마케팅) 031-955-8855(팩스)

ISBN 979-11-94171-52-2 03810